LE BUSSOLE GUANDA

Titolo originale:
La frontera extraviada

Disegno e grafica di copertina di Guido Scarabottolo

Per essere informato sulle novità
del Gruppo editoriale Mauri Spagnol visita:
www.illibraio.it

ISBN 978-88-235-0768-5

Prima edizione Le bussole Guanda aprile 2014
Gruppo editoriale Mauri Spagnol
www.guanda.it

LUIS SEPÚLVEDA

LA FRONTIERA SCOMPARSA

Traduzione di Ilide Carmignani

UGO GUANDA EDITORE
IN PARMA

Qualche parola di cui sento la necessità

La grande soddisfazione dello scrittore è sapere che ha dei lettori, che i suoi scritti sono riusciti a tendere un ponte di complicità che lo unisce a migliaia di persone. Ma la costruzione di questo ponte ha richiesto l'aiuto dei librai, che con il loro lavoro appassionato e generoso mi hanno dato la soddisfazione di avere lettori in Italia. Questo libro è dedicato a loro, ai miei fantastici amici, i librai italiani.

L'autore

Le storie non si limitano a staccarsi dal narratore, lo formano anche: raccontare è Resistere.

João Guimarães Rosa

I

UN VIAGGIO DA NESSUNA PARTE

Il biglietto per andare da nessuna parte fu un regalo di mio nonno.

Mio nonno. Un personaggio insolito e terribile. Credo che avessi appena compiuto undici anni quando mi consegnò il biglietto.

Camminavamo per Santiago una mattina d'estate. Il vecchio mi aveva già offerto almeno sei gassose, altrettanti gelati si erano ben liquefatti nella mia pancia, e sapevo che aspettava di essere avvisato del mio bisogno di urinare. Forse si preoccupò davvero dei miei reni quando mi chiese: « Be'? Non vuoi pisciare? Accidenti, bambino mio. Con tutto quello che hai bevuto... »

La mia risposta normale, quella solita, avrebbe dovuto suonare drammaticamente affermativa, con le gambe ben strette a sottolineare le parole. Allora lui, togliendosi di bocca il mozzicone di sigaro che gli penzolava sempre dalle labbra, avrebbe sospirato per poi esclamare nel più didattico dei toni: « Aspetta, bambino mio.

Aspetta e tieni duro finché non troviamo la chiesa adatta».

Ma quella mattina avevo deciso di farmela addosso, se necessario, piuttosto che subire di nuovo gli insulti di qualche prete. La gag di gonfiarmi di gelati e gassose per poi farmi urinare sulle porte delle chiese la ripetevamo fin dal giorno in cui avevo imparato a camminare e il vecchio mi aveva trasformato nel suo compagno di scorribande, piccolo complice delle sue bricconate di anarchico in pensione.

Su quante porte di chiesa avrò pisciato... Quanti preti e beghine mi avranno coperto di improperi...

«Piccolo sporcaccione! Non hai il bagno a casa tua?» era la cosa più gentile che mi gridavano dietro.

«Come osi insultare mio nipote, che è un uomo libero? Parassita! Rifiuto! Assassino della coscienza sociale!» sputava loro addosso mio nonno, mentre io la facevo fino all'ultima goccia, giurandomi che la domenica successiva non avrei accettato né una Papaya, né una Bilz, né un'Orange Crush, le bibite che mi offriva in modo più che generoso.

Quella mattina fui fermo con il vecchio.

« Sì. Sto per pisciarmi addosso, nonno. Ma voglio andare in un bagno. »

Il vecchio morse il mozzicone di sigaro prima di sputarlo. Subito dopo mormorò un « porcamiseria » e si allontanò di un paio di passi, ma poi tornò immediatamente indietro ad accarezzarmi la testa.

« È per la faccenda di domenica scorsa? » mi chiese, togliendosi di tasca un altro sigaro.

« Certo, nonno. Quel prete voleva ammazzarti. »

« È che quei figli di puttana sono pericolosi, bambino mio. Ma, insomma, se questo è il volere della natura, be', allora passeremo a manifestazioni di maggior peso. »

La domenica precedente mi ero alleggerito la vescica contro la porta centenaria della chiesa di San Marcos. Non era la prima volta che le vetuste assi mi servivano da vespasiano, ma quel giorno evidentemente il prete era all'erta, perché mi sorprese nel momento migliore della pisciata, quando ormai è impossibile trattenere il getto, e tirandomi per un braccio mi obbligò a girarmi verso il nonno. Poi, indicando il mio pisello zampillante con un dito profetico, il prete sbraitò: « Si vede che è tuo nipote! Si nota la piccolezza della vostra razza! »

Che domenica. Finii la pisciata sugli scalini della chiesa, guardando atterrito mio nonno che scaraventava via la giacca, si tirava su le maniche della camicia e sfidava il prete a cazzotti, duello che fortunatamente fu evitato dai chierichetti e dai baciapile del coro, perché anche il prete rispose alla sfida rimboccandosi le maniche della tonaca. Che domenica.

Una volta che mi fui liberato nel rispettabile orinatoio di un bar, il vecchio decise che il modo migliore di finire la mattinata era andare al Centro Asturiano, dove le domeniche erano speciali grazie « alle fave nostrane e al *cabrales* dell'esilio repubblicano ».

Per me il *cabrales*, un formaggio tipico delle Asturie, era una roba ripugnante e puzzolente che potevano apprezzare soltanto quei vecchietti con il basco che ogni giorno arrivavano a casa dei miei nonni sempre preceduti dalla stessa domanda: « Allora? È morto lo stronzo? »

Mentre facevo onore a un riso al latte, mi chiesi cosa avesse voluto dire il vecchio con il discorso di passare a manifestazioni di maggior peso, e suppongo di aver tremato immaginando intenzioni escatologiche nelle sue parole, ma i miei timori si dissiparono non appena lo vidi chiudersi assieme ad altri tre commensali nella grande sala ornata dalla bandiera rossa e nera della Confederación Nacional de los Trabajadores. Da quella sala uscivano i libri di Jules Verne, di Emilio Salgari, di Stevenson, di Fenimore Cooper, che la nonna mi leggeva nel pomeriggio.

Lo vidi uscire con un volume di piccolo formato. Mi chiamò accanto a lui, e mentre lo ascoltavo lessi sul dorso: *Come fu temprato l'acciaio* di Nicolaj Ostrovskij.

« Bene, bambino mio. Questo libro devi leggerlo da solo, ma prima di dartelo voglio che tu mi prometta due cose. »

« Quello che vuoi, nonno. »

« Questo libro sarà un invito per un grande viaggio. Promettimi che lo farai. »

« Te lo prometto. Ma dove andrò, nonno? »

« Forse da nessuna parte, ma ti assicuro che ne vale la pena. »

« E la seconda promessa? »

« Che un giorno andrai a Martos. »

« Martos? Dov'è Martos? »

« Qui » disse battendosi sul petto con la mano...

Una nota canzone cilena dice: due estremi ha la strada e a tutte e due qualcuno mi aspetta. La fregatura è che questi due estremi non delimitano una strada lineare, ma piena di curve, meandri, buche e deviazioni che invariabilmente ti portano da nessuna parte.

La lettura di *Come fu temprato l'acciaio*, lettura lenta e piena di consultazioni, si incaricò di portarmi per la prima volta nella regione in cui i sogni si chiamano da nessuna parte. Come tutti i giovani che hanno letto l'opera di Ostrovskij, anch'io volli essere un Pavel Korčagin, il paziente protagonista, il compagno Komsomol che, anche a costo di rimetterci la vita, non risparmia sacrifici per compiere la sua missione di giovane proletario. Sognai di essere Pavel Korčagin, e per trasformare il sogno in realtà divenni militante delle Juventudes Comunistas.

Mio nonno accettò a malincuore la perdita domenicale del nipote, e passò vari mesi infuriato con il traduttore spagnolo di *Come fu temprato l'acciaio.* Evidentemente la sua lettura avrebbe dovuto mettermi sulla strada delle idee libertarie come primo passo del viaggio da nessuna parte, ma la sua collera durò fino al giorno in cui gli annunciai che non sarei andato a lezione perché noi studenti avevamo dichiarato un giorno di sciopero in segno di solidarietà con i minatori del carbone. L'ho visto bere più del dovuto una sola volta, e fu il giorno dello sciopero. Un po' brillo per il vino, tratteneva i lacrimoni mormorando: « Mio nipote fa sciopero, porca miseria, è proprio del mio sangue ».

Mio nonno. Ricordo la prima volta che lo obbligai a leggere una copia di « Gente Joven » la rivista dei giovani comunisti. Lesse attentamente tutte e quattro le pagine, e concluse che, pur essendo pubblicata da un gruppuscolo di accoliti del potere stalinista, non era male come primo passo verso la comprensione del vero ordine: « Non quello che impone lo stato, cazzo, ma quello naturale, quello che nasce dalla fratellanza tra gli uomini ».

Il fatto che fossi un giovane comunista colmò invece di felicità i miei genitori, perché a scuola un giovane comunista doveva essere il primo della classe, l'atleta migliore, il più colto, il più educato, e a casa doveva essere un monumento alla responsabilità e al lavoro. In ogni giovane comunista era presente in embrione l'essere sociale devoto alla collettività e alla solidarietà che avrebbe caratterizzato la nuova società. Di modo che divenni una specie di monaco rosso, ascetico e noioso. Una vera peste, come mi avrebbe detto anni dopo una certa ragazza che non aveva voluto diventare la mia fidanzata, quando gliene chiesi le ragioni, per me del tutto incomprensibili.

Essere un giovane comunista per più di sei anni significò avere il biglietto per andare da nessuna parte sotto la pelle. Tutti i miei amici d'infanzia avevano rotte ben definite: alcuni sarebbero andati a studiare negli Stati Uniti, altri in Uruguay, altri in Europa, altri sarebbero entrati nel mondo del lavoro. Io aspiravo soltanto a non muovermi dal mio posto di combattimento.

Avevo diciotto anni quando volli seguire l'esempio dell'uomo più universale che abbia dato l'America Latina, il Che. E così giunse l'ora di pagare un supplemento al biglietto per andare da nessuna parte.

Ho sempre evitato di trattare il tema del carcere durante la dittatura in Cile. L'ho evitato perché, da un lato, la vita mi è sempre sembrata appassionante e degna di essere vissuta fino all'ultimo respiro. Per cui trattare un incidente così osceno era un modo vile di offenderla. E dall'altro, perché sono stati scritti già troppi libri di testimonianza al riguardo, disgraziatamente pessimi, per lo più.

Ho passato due anni e mezzo della mia gioventù rinchiuso in una delle più infami carceri cilene: quella di Temuco.

La cosa peggiore di tutte non era la reclusione in sé, perché dentro la vita andava avanti e a volte era più interessante che fuori. I *Prigué*, i Prigionieri di Guerra, di maggiore preparazione – e lì c'era tutto il corpo docente delle università meridionali – crearono varie scuole, e così molti di noi *Prigué* impararono le lingue, la matematica, la fisica quantistica, la storia, la storia dell'arte, la filosofia. Un professore di nome Iriarte tenne un magnifico seminario di due settimane su Keynes e il pensiero politico degli economisti contemporanei, a cui parteciparono, oltre a un centinaio di prigionieri, vari ufficiali dell'esercito. Andrés Müller, giornalista e scrittore, dissertò sugli errori tattici dei comunardi di Parigi, davanti allo stupore della soldatesca che sorvegliava il laboratorio calzaturiero, da noi ribattezzato Aula Magna dell'Ateneo di Temuco. Un altro illustre *Prigué*, Genaro Avendaño – lo hanno «desaparecido» nel 1979 –, emozionò prigionieri e militari con una drammatizzazione del discorso di Unamuno a Salamanca.

Arrivammo addirittura ad avere una piccola biblioteca con titoli che fuori erano proibitissimi, grazie alla curiosa censura praticata dal sottufficiale incaricato di filtrare i libri inviati dagli amici e dai parenti. Gli fummo sempre grati che catalogasse fra i volumi di pronto soccorso *Le vene aperte dell'America Latina*, che era il gioiello della biblioteca. Prendemmo addirittura lezioni di alta cucina. Come dimenticare la passione con cui Julio Garcés, ex cuoco del Club de la Unión, la Mecca dell'aristocrazia cilena, difendeva il delicato grasso di coniglio come ingrediente insostituibile nella preparazione di una buona salsa di fegato dello stesso animale, e l'insistenza con cui sosteneva che era fondamentale preparare la zuppa di grongo con lo stesso vino bianco che avrebbe poi rallegrato la tavola. Anni dopo rincontrai Garcés in Belgio. Era lo chef di un prestigioso ristorante di Bruxelles, e con orgoglio mi mostrò gli attestati con cui la guida Michelin aveva premiato la sua arte culinaria. Erano due diplomi eleganti, che facevano da guardia d'onore a un terzo, scritto a mano su un foglio di quaderno: il Michelin di Temuco, che gli accordammo per un meraviglioso soufflé di ricordi del mare preparato con amore, una scatoletta di mitili, avanzi di pane, e delle erbette aromatiche coltivate in un vaso che tutti sorvegliavamo con particolare zelo, perché i gatti della prigione non si mangiassero le piante.

Novecentoquarantadue giorni durò il mio soggiorno in quella terra di tutti e di nessuno. Essere dentro non era la cosa peggiore che poteva succederci. Era un altro modo di stare in piedi sulla vita. La cosa peggiore arrivava quando, più o meno ogni quindici giorni, ci portavano alla caserma Tucapel per gli interrogatori. Allora capivamo che finalmente eravamo arrivati da nessuna parte.

I militari avevano un concetto abbastanza elevato delle nostre potenzialità distruttive. Ci chiedevano di piani per assassinare tutti gli ufficiali della storia militare americana, per far saltare ponti e crollare tunnel, e per preparare lo sbarco di un terribile nemico esterno che non riuscivano a identificare.

Temuco è una città triste, grigia e piovosa. Nessuno direbbe che è adatta al turismo, eppure la caserma Tucapel divenne una specie di permanente *convention* internazionale di sadici. Agli interrogatori, oltre ai militari cileni, che bene o male erano i padroni di casa, partecipavano scimmioni dell'*intelligence* militare brasiliana – erano i peggiori –, statunitensi del dipartimento di stato, paramilitari argentini, neofascisti italiani, e addirittura dei tizi del Mossad.

Come dimenticare Rudi Weismann, cileno, amante del sud e delle barche a vela, che fu torturato e interrogato nel dolce idioma delle sinagoghe. Rudi, che aveva rischiato tutto per Israele – era entrato in un kibbutz, ma la nostalgia per la Terra del Fuoco aveva avuto la meglio e aveva fatto ritorno in Cile –, non fu capace di sopportare quell'infamia. Non riusciva a capire come Israele potesse appoggiare quella banda di criminali, e Rudi Weismann, che era sempre stato un monumento al buonumore, seccò come una pianta dimenticata. Una mattina lo trovammo morto nel sacco a pelo. La sua espressione rese superflua qualsiasi autopsia: Rudi Weismann era morto di tristezza.

Il comandante della caserma Tucapel, non ne faccio il nome per un elementare rispetto nei confronti della carta, era un fanatico ammiratore del maresciallo Rommel. Quando un prigioniero gli stava simpatico, dopo gli interrogatori, lo invitava a riprendere le forze nel suo ufficio. Là, dopo avergli assicurato che tutto quello che accadeva nella caserma era nel sacrosanto interesse della patria, gli offriva un bicchierino di Korn – qualcuno gli mandava dalla Germania quell'insipido liquore di frumento – , e lo obbligava ad ascoltare una conferenza sull'Afrikakorps. Pur essendo figlio o nipote di tedeschi, il suo aspetto non avrebbe potuto essere più cileno: tracagnotto, gambe corte, capelli scuri e ribelli. Poteva passare benissimo per un camionista o per un fruttivendolo, ma quando parlava di Rommel si trasformava nella caricatura di un militare hitleriano.

Alla fine della conferenza descriveva in modo teatrale il suicidio di Rommel, faceva risuonare i tacchi, si portava la destra alla fronte salutando un'invisibile bandiera, sussurrava un *adieu geliebtes Vaterland*, e fingeva di spararsi in bocca. Noi speravamo che un giorno lo facesse davvero.

Nella caserma c'era anche un altro ufficiale curioso: un tenente che lottava per nascondere un'omosessualità che gli sfuggiva da tutte le parti. I soldati l'avevano soprannominato Margarito, e lui lo sapeva.

Tutti noi *Prigué* avvertivamo che Margarito soffriva per il fatto di non potersi ornare con oggetti realmente belli, e il poveretto suppliva con gli ammennicoli permessi dal regolamento. Si portava dietro una pistola calibro quarantacinque, due caricatori, un pugnale curvo a doppio filo del corpo dei commando, due bombe a mano, una torcia, un walkie-talkie, le mostrine del suo grado e le ali argentate da paracadutista. Sia a noi prigionieri che ai soldati ricordava un albero di Natale.

Margarito a volte ci sorprendeva con gesti generosi, apparentemente senza aspettarsi nulla in cambio – ignoravamo che la sindrome di Stoccolma è provocata da una perversione militare – e all'improvviso, dopo gli interrogatori, ci riempiva le tasche di sigarette, o delle tanto amate aspirine alla vitamina C. Un pomeriggio mi invitò nella sua stanza.

« E così lei è un letterato » disse offrendomi una lattina di Coca Cola.

« Ho scritto un paio di racconti. Tutto qua » risposi.

« Non l'ho invitata per interrogarla. Mi dispiace molto per quanto accade, ma è la guerra. Voglio che parliamo da scrittore a scrittore, la sorprende? Ci sono stati grandi letterati anche fra gli uomini d'armi. Pensi a don Alonso de Ercilla y Zúñiga, per esempio. »

« O a Cervantes » aggiunsi.

Margarito si includeva tra i grandi. Era il suo problema. E se quello che voleva era adulazione, l'avrebbe avuta. Io bevevo la mia Coca Cola e pensavo a Garcés, o meglio alla gallina di Garcés, perché, anche se può sembrare incredibile, il cuoco aveva una gallina che si chiamava Dulcinea.

Un mattino aveva saltato il muro che divideva i *Prigué* dai detenuti comuni, ed evidentemente si trattava di una gallina dalle profonde convinzioni politiche, visto che aveva deciso di restare con noi. Garcés la accarezzava e sospirava dicendo: se avessi un pizzico di peperoncino rosso e un altro di cumino vi farei un pollo marinato come non ne avete mai assaggiati.

« Voglio che legga le mie rime e mi dia la sua opinione, in tutta sincerità » disse Margarito e mi consegnò un quaderno.

Uscii da lì con le tasche piene di sigarette, caramelle, bustine di tè e un barattolo di marmellata U.S. Army. Quel pomeriggio iniziai a credere alla fratellanza tra scrittori.

Dal carcere alla caserma, e viceversa, ci trasportavano su un camion per bestiame. I soldati si preoccupavano che ci fosse sufficiente merda di vacca sul fondo prima di ordinare che ci sdraiassimo a pancia in giù con le mani alla nuca. Ci sorvegliavano quattro militari armati di mitragliette, uno a ogni angolo del camion. Erano quasi tutti ragazzi fatti venire da guarnigioni del nord, perennemente raffreddati e di pessimo umore per colpa del rigido clima meridionale. Avevano l'ordine di sparare nel mucchio – noi – al minimo movimento sospetto, e anche contro qualsiasi civile che tentasse di avvicinarsi al camion. Ma col passare del tempo la disciplina si era allentata e i soldati chiudevano un occhio sul pacchetto di sigarette o sulla frutta che cadeva da una finestra, o davanti alla bella ragazza audace che correva accanto al veicolo lanciando baci con le mani e gridando: « Tenete duro, compagni. Vinceremo! »

In carcere, come sempre, ci aspettava il comitato di accoglienza presieduto dal dottor « Smilzo » Pragnan – ora eminente psichiatra a Bruxelles. Prima di tutto controllavano quelli che non riuscivano a camminare o che tornavano con alterazioni cardiache, poi quelli che avevano ossa slogate o costole storte. Pragnan era un esperto nel riconoscere la quantità di energia elettrica che ci avevano trasmesso sulla « griglia » e pazientemente indicava chi poteva ingerire liquidi nelle ore successive. Alla fine, arrivava il momento di fare la comunione, e cioè di prendere le aspirine con vitamina C e le pillole anticoagulanti per sciogliere gli ematomi interni.

« Dulcinea ha le ore contate » dissi a Garcés, e cercai un angolo dove leggere il quaderno di Margarito.

Le pagine, scritte con una calligrafia delicata, trasudavano amore, miele, sofferenze sublimi e fiori dimenticati. Non ebbi bisogno di andare oltre la terza pagina per sapere che Margarito non si dava neppure la pena di plagiare le idee del poeta messicano Amado Nervo, ma ne copiava direttamente le poesie.

Chiamai Peyuco Gálvez, un professore di spagnolo, e gli lessi un paio di versi.

« Che ne dici, Peyuco? »

« Amado Nervo. Il libro si chiama *I giardini interiori.* »

Mi ero cacciato in un pasticcio, e di quelli grossi. Se Margarito scopriva che conoscevo l'opera di Nervo, un poeta davvero zuccheroso, allora ero io e non la gallina di Garcés ad avere le ore contate. La faccenda era grave, per cui quello stesso pomeriggio la esposi al Consiglio degli Anziani.

« Margarito sarà un finocchio dante o prendente? » disse Iriarte.

« Non rompere. C'è in gioco la mia pelle » ribattei.

« Lo sto chiedendo sul serio. Forse il militare vuole avere un idillio con te e darti il quaderno è stato come lasciar cadere un fazzolettino di seta. E tu l'hai raccolto, coglione. Forse ha copiato quelle poesie perché tu vi scopra un messaggio. Ho conosciuto molti finocchi che seducevano ragazzini dando loro da leggere *Demian* di Hermann Hesse. Se Margarito è dei prendenti, allora dovrai essere, non il suo Amado Nervo, ma il suo amato nerbo. E se è dei danti, be', immagino che debba far meno male di un calcio nelle palle. »

« Altro che messaggio. Il militare ti ha dato le poesie come sue e tu devi dirgli che ti sono piaciute molto. Se si fosse trattato di un messaggio, allora avrebbe dovuto dare il quaderno a Garcés: è l'unico che ha un giardino interiore, o interno che sia. Ma forse Margarito non sa delle piantine nel vaso » dichiarò Andrés Müller.

« Siamo seri. Qualcosa deve pur dirgli e Margarito non deve nutrire il minimo sospetto che lui conosce i versi di Nervo » spiegò Pragnan.

« Digli che le poesie ti sono piaciute, ma che gli aggettivi ti sembrano un tantino esagerati. Citagli Huidobro: l'aggettivo, quando non dà vita, uccide. Con questo gli dimostri che hai letto attentamente i suoi versi e che gli fai una critica da collega a collega » suggerì Gálvez.

Il Consiglio degli Anziani approvò l'idea di Gálvez, ma io passai due settimane con l'anima in pena. Non riuscivo a dormire. Non vedevo l'ora che mi portassero alla mia seduta di calci e scosse elettriche per restituire quel dannato quaderno. In quel periodo arrivai a odiare quel bonaccione di Garcés: « Senti, se va tutto bene, e oltre al cumino e al peperoncino in polvere mi trovi un barattolino di capperi, ah, caro mio, vedrai che banchetto faremo con la gallina ».

Dopo quindici giorni, finalmente, mi ritrovai sdraiato sul materasso di sterco, a pancia in giù e con le mani alla nuca. Pensai che stavo diventando matto: ero contento di andare incontro a una cosa che si chiama tortura.

Caserma Tucapel. Intendenza. Sullo sfondo il picco Ñielol, perennemente verde, sacro per i mapuche. La stanza degli interrogatori era preceduta da una sala d'aspetto, come un ambulatorio medico. Lì ci facevano sedere su una panca con le mani legate dietro la schiena e un cappuccio nero in testa. Non ho mai capito la ragione del cappuccio, perché una volta dentro ce lo toglievano e potevamo vedere chi ci interrogava, i soldatini che con espressione di panico giravano la manovella del generatore elettrico, gli infermieri che ci applicavano gli elettrodi all'ano, ai testicoli, alle gengive, alla lingua, e poi ci auscultavano per decidere chi fingeva e chi era davvero svenuto sulla « griglia ».

Quel giorno il primo a essere interrogato fu Lagos, un diacono degli straccivendoli di Emmaus. Da un anno lo tartassavano chiedendogli la provenienza di una dozzina di vecchie uniformi militari trovate nei magazzini degli straccivendoli. Erano una donazione di un commerciante che vendeva residuati militari. Lagos urlava per il dolore e continuava a ripetere tutto quello che la soldatesca voleva sentire: quelle uniformi appartenevano a un esercito invasore che si apprestava a sbarcare sulle coste cilene.

Aspettavo il mio turno quando delle mani mi tolsero il cappuccio. Era il tenente Margarito.

« Mi segua » ordinò.

Entrammo in un ufficio. Sull'unica scrivania vidi un barattolo di cacao e una stecca di sigarette che ovviamente avrebbero premiato i miei commenti sulla sua opera letteraria.

« Ha letto le mie rime? » chiese indicandomi una sedia.

Rime. Margarito parlava di rime e non di

poesie. Un tipo pieno di pistole e di granate non può dire rime senza suonare ridicolo ed effeminato. Allora quel tipo mi fece schifo, e decisi che se orinavo sangue, sibilavo mentre parlavo, e potevo caricare delle batterie solo toccandole, non mi sarei mai abbassato ad adulare uno stronzo militare, finocchio e ladro del talento altrui.

« Lei ha una bella calligrafia, tenente. Ma sa che questi versi non sono suoi » dissi restituendogli il quaderno.

Lo vidi tremare. Quel tipo aveva addosso abbastanza armi da ammazzarmi varie volte, e se non voleva sporcarsi l'uniforme poteva ordinare a un altro di farlo. Tremando di rabbia si alzò in piedi, gettò per terra tutto ciò che c'era sulla scrivania, e gridò: « Nel cubo per tre settimane, ma prima passi dal pedicure, sovversivo di merda! »

Il pedicure era un civile, un latifondista a cui la riforma agraria aveva espropriato varie migliaia di ettari, che si vendicava partecipando come volontario agli interrogatori. La sua specialità era sollevare le unghie dei piedi, il che provocava terribili infezioni.

Conoscevo il cubo. I miei primi sei mesi di prigionia erano stati di isolamento totale nel cubo, un abitacolo sotterraneo che misurava un metro e cinquanta di lunghezza, e altrettanto di larghezza e di altezza. Un tempo, nel carcere di Temuco, c'era una conceria e il cubo serviva a immagazzinare il grasso. Le pareti di cemento ne portavano ancora il fetore, ma nel giro di una settimana i propri escrementi si incaricavano di rendere il cubo un luogo molto intimo.

Soltanto mettendosi in diagonale era possibile allungare il corpo, ma le basse temperature del sud del Cile, l'acqua piovana e l'urina dei soldati spingevano ad abbracciarsi le gambe e a rimanere così, desiderando di essere sempre più piccolo fino a poter abitare una di quelle isole di merda che galleggiavano qua e là suggerendo vacanze da sogno. Tre settimane vi rimasi, raccontandomi film di Stanlio e Ollio, ricordando parola per parola romanzi di Salgari, Stevenson e London, giocando lunghe partite a scacchi, e leccandomi le dita dei piedi per proteggerle dalle infezioni. Nel cubo giurai e spergiurai che non mi sarei mai dedicato alla critica letteraria.

Un giorno di giugno del 1976 finì il viaggio da nessuna parte. Grazie alle pratiche di Amnesty International uscii dal carcere, e, anche se rapato e con venti chili in meno, mi riempii i polmoni dell'aria densa di una libertà limitata dalla paura di perderla nuovamente. Molti dei compagni rimasti dentro furono assassinati dai militari. Per me è fonte di grande orgoglio sapere che non dimentico né perdono i loro carnefici. Ho avuto tante belle soddisfazioni nella vita, ma nessuna comparabile alla gioia che ti dà stappare una bottiglia di vino quando vieni a sapere che uno di questi criminali è stato crivellato per strada. Allora alzo il bicchiere e dico: « Un figlio di puttana in meno, viva la vita! »

Alcuni dei compagni sopravvissuti li ho incontrati in giro per il mondo, altri non li ho più rivisti, ma occupano tutti un luogo privilegiato nei miei ricordi.

Un giorno, alla fine del 1985, in un bar di Valenza, mi imbattei inaspettatamente in Gálvez. Mi raccontò che viveva in Italia, a Milano, che aveva la cittadinanza italiana e quattro bellissime figlie, tutte italiane. Dopo un lungo abbraccio in lacrime ci mettemmo a chiacchierare dei vecchi tempi, e naturalmente il discorso cadde anche sulla gallina.

« Che riposi in pace » disse Gálvez. « Io fui l'ultimo dei vecchi a tornare in libertà, alla fine del '78, e la portai con me. Ha vissuto grassa e felice nella mia casa di Los Angeles, finché non è morta di vecchiaia. È sepolta in giardino sotto una lapide che dice: 'Qui giace Dulcinea, signora di cavalieri impossibili, imperatrice di nessuna parte'... »

II

CIAO, VECCHIO

Ci troviamo nella sala vip dell'aeroporto internazionale di Santiago, e sembra che noi cinque siamo davvero dei vip perché ci hanno assegnato un plotone di soldati e varie guardie che vigilano sulla nostra incolumità. Ed è forse per mettere in risalto il nostro status di vip che ci tengono al centro della sala, seduti per terra con le mani alla nuca. Non è certo il modo migliore di rilassarsi prima di un lungo viaggio, e i soldati ci guardano storto quando reclamiamo per la durezza della moquette e per il pessimo servizio: non ci hanno neppure offerto qualcosa da bere. Un trattamento schifoso per dei vip.

All'improvviso una nuvola si frappone tra il sole e la vetrata, e possiamo vedere chi c'è fuori. Loro non ci vedono, lo impediscono i vetri polarizzati. Sono i nostri familiari, i nostri amici, le nostre fidanzate che, stanchi di reclamare il diritto a darci un ultimo abbraccio, si accontentano di immaginare che ci vedono, che ci vediamo, e ci fanno dei cenni, degli inequivocabili gesti d'amore.

« Guardate quel vecchio, quello che saluta con il pugno alzato. Vecchio coglione. Non sa cosa rischia » dice uno dei vip.

In effetti dietro i vetri c'è un vecchietto mezzo pelato, impeccabilmente vestito con un completo blu e un fazzoletto bianco che gli penzola, stile guappo, dal taschino della giacca. Tiene il pugno alzato, come se avesse in mano le redini di un cavallo troppo alto. Ogni tanto si stanca, e allora abbassa la mano, compie con le dita un paio di esercizi per i crampi, e poi torna ad alzarla, il pugno stretto, arrogante, insolente e ingenuo, come se fosse alla festa del Primo Maggio.

« Abbassa la mano, vecchio minchione » borbotta un altro vip.

« Un po' più di rispetto. Quello è mio padre » dico loro.

Passa la nuvola. Ritorna il sole stanco di luglio. Mancano due ore al decollo dell'aereo per la Svezia. Riesco a vedere pochissimo di quanto accade fuori perché una fila di soldati si è frapposta tra quelli che vogliono salutarci e la finestra, ma un'intima convinzione mi dice che il vecchio continua a tenere il pugno alzato, e il fatto di saperlo là, dietro i vetri, separati dalla distanza minima di un abbraccio impossibile, mi porta ad accettare – e mi costa farlo – il fatto che forse ci stiamo salutando per sempre.

Non abbassare il pugno, vecchio. Non lo abbassare mai.

Ci stiamo salutando. Tu fuori. Io dentro. Uno è aria pura, l'altro un rifiuto gorgogliante di polmoni pestati. Allora, siccome mancano ancora due ore prima che l'orologio dell'esilio metta in moto il suo meccanismo, decido di impiegarle per compiere fino in fondo questa cerimonia di saluto, e penso a te, vecchio.

A voce più che bassa canterello un tango: *Mi noche triste.*

«*Percanta que me amuraste...*» Tutti noi vip abbiamo appena fatto la doccia e profumiamo di sapone a buon mercato, ma è il tuo aroma di colonia inglese ad attraversare i vetri, gli ordini perentori di non lasciar avvicinare nessuno, e il tuo profumo mi impregna, mi copre come una seconda pelle necessaria e salvatrice.

Ci siamo già salutati una volta, vecchio. Non te ne ho mai parlato perché ho imparato da te che le amicizie si costruiscono ben strette con la malta degli intimi dolori che non hanno bisogno di parole. Ma arriva il momento di farlo, senza rancori né esaltazioni. Solo per riempire queste due ore senza padrone.

Il nostro congedo, vecchio, inizia in quel luogo che mi è sempre sembrato la fine del mondo e che in qualche modo lo era, almeno per il treno. In fondo ai binari, interrotti senza preavviso, si innalzava una barriera di traversine imbrattate di grasso e di olio bruciato. Quella barriera serviva da sostegno ai vecchi gabbiani dallo sguardo impassibile, che non si lasciavano importunare dalla confusione dei viaggiatori, e alimentavano la loro vecchiaia color cenere con i resti che lasciavano loro gli uomini delle pulizie del vagone ristorante, riflettendo – così amavo credere – su tutto ciò che avevano visto.

Non sono mai stato sicuro che i gabbiani pensassero realmente, ma io lo facevo, in voli brevi e disordinati.

Immaginavo catastrofi a lieto fine. Mi bastava chiudere gli occhi per vedere il convoglio che tirava dritto, travolgendo la barriera di traversine fra gemiti di legni vecchi e di perni ossidati. Allora, senza che i passeggeri se ne accorgessero, il treno precipitava in mare, sprofondava come un animale fiacco e distratto, per continuare il viaggio attraverso i fosforescenti paesaggi sottomarini. Io ero uno dei tanti passeggeri di quel treno navigante, e, affacciato al finestrino, cercavo di identificare le bandiere dei galeoni affondati.

A quel tempo sapevo poco del mondo e non volevo saperne di più. Mi bastava sapere che oltre la barriera di traversine si apriva il Canale di Chacao, che più in là c'era Chiloé, l'arcipelago, le centinaia di isole, di passi, di canali bordati da scogli taglienti, e altre isole, e altre ancora, che si allungavano in spruzzi verdi sul mare fino ai confini del pianeta, fin dove vivevano gli autentici grandi navigatori e narratori di storie come Francisco Coloane.

Sapevo anche che a sudest si estendeva il continente, tagliato da basse cordigliere, da ghiacciai, da fiordi che aprivano chilometriche cicatrici d'acqua, sulla quale, nei duri inverni patagonici, navigavano vascelli fantasma e lastroni di ghiaccio con indios intrappolati dall'abbraccio polare. Era poco quello che sapevo, vecchio, ma sognavo il mondo che si apriva oltre la barriera che tagliava i binari.

Tu continuavi a promettermi che una volta o l'altra, col bel tempo, avremmo noleggiato una barca, e avremmo chiesto al proprietario chilote di portarci a vela fra le isole, verso le acque calme dove regnavano i delfini e si accoppiavano le giocherellone balene Calderón.

Ma dovevo aspettare per quell'agognato viaggio. Avevo appena compiuto quattordici anni e per te ero ancora un bambino.

Anche quel giorno pensavo a questo viaggio, vicino a ciò che mi sembrava la fine del mondo. Seduto sulla valigia guardavo la barriera, i gabbiani, la gente, e te, vecchio, che ti allontanavi verso il chiosco della stazione per comprare le sigarette e un paio di giornali a fumetti per me.

Vidi anche che ti fermarono dei ferrovieri e che iniziasti con loro un'animata conversazione. Ti conoscevano e ti apprezzavano. Erano molti anni che viaggiavi da Santiago a Puerto Montt e questa era la quinta volta che ti accompagnavo.

I mille e più chilometri da Santiago a Puerto Montt li facevamo senza scalo. All'arrivo prendevamo una stanza in una pensione tipicamente tedesca e il giorno successivo attraversavamo il Canale di Chacao col traghetto. A Chonchi ci aspettava una lancia da canale, e con essa raggiungevamo le isole dei vivaisti per trattare coi baschi che coltivavano frutti di mare, tra battute e maledizioni al governo.

Mi piaceva vedere quegli uomini che mostravano le loro ricchezze: tiravano su dal mare delle trecce fatte di corde e alghe. A esse erano appesi frutti di mare d'allevamento, *cholgas*, enormi conchiglie scarpa – dei mitili dalle carni rosate grandi come la calzatura di un adulto –, *machas*, cannolicchi. A volte un sommozzatore emergeva portando con sé delle rocce verdastre, a bordo le spaccavano con una mazza, e l'interno della pietra mostrava il cuore rosso e palpitante del mare: il *piure* che mangiavamo crudo, con qualche sorso di vigoroso *txacolí*. Tu e i baschi brindavate unendo i bicchieri, e quella cerimonia suggellava i contratti che assicuravano i migliori frutti di mare al ristorante di famiglia nella lontana Santiago.

Durante il viaggio di ritorno ci fermavamo in varie città ciascuna delle quali custodiva dei segreti gastronomici.

A Chillán i commercianti ci aspettavano con botticelle di vino *pipeño* e di acquavite, con chilometri di salsicce e di salamini piccanti. A Linares e a San Javier ci attendevano buoni vini, frutto di vitigni arcivescovili, e la frizzante *chicha*, anticipazione di futuri mosti. A Talca le giovani tacchinelle per le tue famose fricassee, e le quaglie d'allevamento per i banchetti di nozze.

Io ti guardavo fare, vecchio, immerso nella piacevole convinzione che più che padre e figlio, noi eravamo amici, compagni di rotta. Mi piaceva vederti chiudere gli occhi mentre degustavi, come per portare i segreti offerti dal vino fino a una zona intima del palato. Poi sputavi con espressione pensierosa, un cenno del capo bastava a mostrare il tuo accordo, e l'affare veniva concluso con una stretta di mano.

« Perché sputi il vino, vecchio? »

« Osserva: il buon vino la terra se lo ingoia senza lasciare aloni di zucchero. Un giorno ti toccherà assaggiarlo, be', sempre che tu voglia tirare avanti con il locale. »

Uno sconosciuto ti salutò calorosamente e vidi che mi chiamavi.

« Vado al bar a fare quattro chiacchiere con questo signore. Torno subito, il tempo di bere un bicchiere di vino. Tieni. »

Mi desti due fumetti. Un'avventura del capitano Brick Bradford e un'altra dei Falchi Neri. Niente male, la scelta. Sfogliandoli tornai alla valigia. Come mi piaceva leggere fumetti. Leggerli sul treno mangiando nocciole tostate.

Mentre tu chiacchieravi al bar, il treno prese posizione sul binario. Entrò lentamente, a marcia indietro, e il vagone di coda arrivò quasi a sfiorare la barriera. Un operaio appollaiato sulla scaletta della carrozza sollevò una mano guantata e il treno si fermò. Poi si aprirono gli sportelli e i primi passeggeri iniziarono a salire. Noi avevamo i posti prenotati e mancava mezz'ora alla partenza, per cui continuai a sfogliare i fumetti.

Il Capitano Brick Bradford viaggiava nella macchina del tempo. Accanto a lui la sua fidanzata, la principessa Dalia, e l'incomparabile dottor Zarkov, l'amico scienziato capace di risolvere qualsiasi problema...

Non notai la presenza dei due uomini finché non furono vicinissimi.

Quello che pareva più anziano si arrampicò per primo sulla scaletta e man mano che saliva i gradini potei vedere che il suo braccio sinistro si allungava, come se volesse restare a terra. Alla fine il braccio si fermò con un secco strattone. Tra i due uomini c'era una catena, e l'altro, il più giovane, era ancora impalato sul marciapiede, il braccio destro teso.

« Andiamo. Non cominciare a complicare le cose. Sali una buona volta » ordinò quello che era sopra.

« Devo andare in bagno. Un minuto » rispose quello di sotto.

« Quassù. Puoi pisciare sul treno » insisté il primo.

« È proibito usare il bagno quando la carrozza è ferma » ribatté l'altro.

Quello di sopra chiuse la discussione dando uno strattone forte alla catena che fece barcollare quello di sotto. L'uomo si mosse con agilità per mantenere l'equilibrio, e prima di salire mi notò. Mi salutò con un sorriso e una stretta di spalle.

Senza dubbio si trattava di un poliziotto e di un detenuto. Poliziotti ne avevo visti molti, ma era la prima volta che vedevo un detenuto.

Mentre ti aspettavo, vecchio, non potei smettere di pensare a quell'uomo. Mi parve buono. Non so perché, buono e ingiustamente arrestato.

Pensai che poteva essere un contrabbandiere. Avevo sentito spesso dagli isolani una parola che mi era sembrata magica: *matute.* La usavano per riferirsi a misteriosi pacchi abbandonati alla deriva da imbarcazioni senza luci né bandiera, pacchi che, in seguito, venivano raccolti da barche che prendevano il largo al riparo della nebbia e dell'oscurità...

« Tre tipi. Li avessi visti! Due che remavano senza posa, tagliando le onde di traverso, mentre il terzo lavorava duro con la pompa d'aggottatura perché il mare entrava dentro a ogni rollata. Le onde impedivano loro di arrivare fino al pacco del *matute* ed erano vicinissimi all'anello di scogli. Li avessi visti! Noi, da riva, gridavamo: non fate i matti! Aspettate che passi l'alta marea! Vi ammazzerete contro le rocce! Ma non ascoltavano e continuavano a remare. All'improvviso l'addetto alla pompa si spoglia, si lancia in acqua e inizia a nuotare come un delfino. Aria, due, tre, quattro bracciate. Aria, due, tre, quattro bracciate. Aria, finché non riesce ad arrivare al pacco e lo rimorchia fino alla barca. Quello sì che è uno con le palle. Li avessi visti! Poi hanno remato verso il largo finché non sono stati ingoiati dall'oscurità. »

Gli isolani parlavano sempre con rispetto dei *matuteros*. Con un rispetto che mi sembrava venato di ammirazione e di invidia.

Forse l'uomo era un contrabbandiere che non era riuscito a mettersi in salvo nell'oscurità. O forse era un bandito.

A quei tempi si parlava ancora di nobili banditi nel sud del Cile. Ti ricordi, vecchio? A volte, sorpresi da violenti acquazzoni, avevamo chiesto ospitalità ai contadini, e allora avevo sentito parlare di affascinanti cavalieri che indossavano lunghi poncho neri di lana pesante, e cavalcavano sulle falde della cordigliera verso l'interno del continente. Portavano il *choco*, il Winchester a canna mozza, infilato dentro la gamba dello stivale, e facevano entrare bestiame rubato in Argentina attraverso sentieri che solo loro conoscevano. Davano mance più che generose a chi offriva loro alloggio o informazioni sulle guardie di frontiera. Quando un neonato riceveva in regalo una vitella di razza, tutti sapevano che il padrino era un bandito. E tutti ne parlavano con venerazione, aspettandoli come un colpo di fortuna.

L'uomo incatenato poteva ben essere uno di quei cavalieri.

A quel punto arrivasti tu, vecchio.

« Che fai? Sei tra le nuvole? »

« Stavo pensando. »

« È stancante. Conosco tipi con varici nella zucca. Andiamo, che ormai manca poco. »

Salimmo, cercammo i nostri posti, e fui percorso da un brivido notando che erano proprio di fronte a quelli occupati dai due uomini.

Tu evidentemente ti eri scolato qualche bicchiere di troppo col tuo amico, perché ti lasciasti cadere sul sedile con la tesa del cappello abbassata sugli occhi.

Il detenuto tornò a sorridermi. Vedendo che

io accennavo a rispondere al suo saluto, ti indicò con un gesto e si portò la mano libera alle labbra, suggerendo il silenzio. L'altro leggeva un giornale. Lo teneva piegato con la destra mentre la sinistra giaceva sul sedile. La catena che li univa brillava come la pelle di un rettile.

Appena il treno si mise in moto, cambiasti idea, vecchio, posasti il cappello sul ripiano portabagagli, e poi, mentre cercavi le sigarette, notasti anche tu i due uomini uniti dalla catena.

« I signori fumano? » dicesti offrendo il pacchetto di Cabañas.

Il poliziotto rispose con un laconico « no grazie » senza staccare gli occhi dal giornale. Il detenuto allungò la mano sinistra, prese una sigaretta, la sbatté contro il sedile per schiacciare le fibre del tabacco, e se la portò alle labbra.

Gli porgesti il fuoco, vecchio, le mani cave a proteggere la fiammella. Il prigioniero aspirò compiaciuto e soffiò fuori dal naso due grossi sbuffi di fumo.

« Mille grazie, signore. Non sa quanto mi mancava. »

Parlò con una lentezza che non avevo mai sentito. Come trascinando le parole in un lungo viaggio che le colmava di senso.

«Di nulla. Le sigarette e il vino sono cose collettive.»

Tu e il detenuto fumaste in silenzio mentre il poliziotto rimaneva concentrato nella lettura del giornale. Aprii uno dei fumetti, quello dei Falchi Neri, e tentai di seguire la storia.

Non ci riuscii. Mi distraeva la vicinanza dell'uomo; lo immaginavo mentre remava su una barchetta nell'oscurità, senza temere né il mare infuriato, né i mormorii delle streghe marine che sorvegliano la disgraziata navigazione del *Caleuche*, stando bene attente che nessun marinaio compassionevole liberi la ciurma del veliero fantasma dalla maledizione che la condanna a navigare in eterno per i mari australi; oppure lo immaginavo mentre cavalcava tra scoscese cordigliere, con gli zoccoli del cavallo avvolti nella stoppa per non lasciare impronte; tutto questo era molto più interessante e seducente delle avventure degli aviatori vestiti con uniformi decisamente naziste. Inoltre, qualcosa di inesplicabile mi diceva che il detenuto si faceva beffe del poliziotto. Lo disprezzava, giocava con lui aspettando il momento propizio per intraprendere la fuga. All'improvviso mi assalì la certezza che il detenuto aveva dei compagni. Sì. Certo che li aveva. Fedeli compagni che, sapendo del suo arresto, perché qualcuno lo aveva tradito, aspettavano dietro una curva per assaltare il treno e liberarlo. Poi avrebbero fatto i conti con il traditore...

Senza volere mi sorpresi a guardarlo, e lui si prodigò in un altro sorriso amichevole mentre mi faceva sobbalzare con la sua voce lenta e ben intonata.

« Quanti anni ha, amico? »

« Qua... quattordici » risposi in un tono vergognosamente acuto.

« Ma guarda. Ne dimostra di più. Scommetto che sa cavalcare bene. »

Prima di rispondere cercai i tuoi occhi, vecchio, e dalla tua espressione capii che potevo farlo. Volevo parlargli a lungo, dirgli che sì, sapevo cavalcare, che addirittura lo facevo a pelo, con Floridor, è chiaro, un cavallo vecchio e mansueto che mi avevi regalato quando avevo compiuto dieci anni, e di cui si prendevano cura i parenti di Temuco, ma non feci in tempo ad aprir bocca perché il poliziotto mi prevenne.

« Ascolti, cittadino: per evitare complicazioni durante il viaggio devo dirle che questo individuo è un detenuto e viaggia sotto la mia responsabilità. È in isolamento e pertanto non può né deve parlare con nessuno finché il giudice non dirà il contrario. Ci siamo capiti? »

Ti vidi stringerti nelle spalle, e il prigioniero ci offrì il suo sorriso aperto che era, capii, doppiamente intenzionato: amichevole per noi e pieno di disprezzo per l'altro.

Il viaggio continuò in silenzio. L'espresso Puerto Montt – Santiago non si fermava nei paesini. Li attraversava salutando le venditrici vestite di bianco con il vocione grave del suo fischio.

Avevamo percorso una cinquantina di chilometri quando il detenuto si rivolse al poliziotto.

« Devo andare dove sa. »

« D'accordo. Ma vado io per primo. »

Il poliziotto estrasse una chiave dal panciotto, aprì la serratura vicina alla sua mano, obbligò il detenuto ad alzarsi in piedi e lo incatenò al portabagagli. Subito dopo si allontanò oscillando nel dondolio del treno.

Il detenuto voleva sedersi di nuovo tenendo sollevata la mano che lo incatenava al portabagagli, ma la catena era corta e glielo impediva. Lo vidi contrarre la mano libera, umiliato, e so che lo vedesti anche tu, vecchio, perché rapidamente gli infilasti un pacchetto di sigarette nella tasca della giacca.

« Grazie, signore. Questi gesti non si dimenticano. »

« Io non ne so nulla » fu la tua risposta prima di abbassarti il cappello sugli occhi.

Poco dopo tornò il poliziotto. Tirando la catena accompagnò il detenuto fino alla porta del bagno.

« Vecchio... »

« Sta' tranquillo, ragazzo. Tranquillo. »

« Quell'uomo... credi che...? »

« Sta' tranquillo. Nella vita non si sa mai. »

« Ma... l'altro... »

« Tranquillo. Da fuori non si può giudicare. »

Le prime ombre della sera avvolsero il treno e dentro si accesero le luci. Un inserviente passò con andatura da papero a prendere le prenotazioni per il vagone ristorante. Non ci segnammo. Entro poche ore saremmo arrivati a Chillán e là ci avrebbero ricevuto come al solito, con una cena più che lauta. Il poliziotto spiegò che volevano cenare immediatamente.

Restammo davanti ai sedili vuoti. Tu dormicchiavi sotto il cappello e io lottavo con la sonnolenza che provoca il dondolio del treno. Volevo e dovevo essere sveglio quando i compagni del detenuto avrebbero assalito il treno a qualche curva. Chissà qual era il piano. Avrebbero derubato i passeggeri? Noi no, naturalmente no. Il detenuto avrebbe detto che eravamo persone di fiducia, avrebbe offerto loro le sigarette che tu gli avevi dato. No. Non avrebbero derubato i passeggeri. «I banditi sono gli ultimi signori del paese» ci aveva detto una volta un contadino. Chissà come erano i suoi compagni. Come lui, che mi aveva dato del lei, con rispetto, e per di più mi aveva chiamato amico? Gli era bastato semplicemente guardarmi per sapere che ero un buon cavaliere, anche se montavo soltanto il Floridor, quel *matungo* bonaccione e nobile che non aveva mai sgroppato, e su cui avevo imparato a galoppare alla cilena, senza inclinare il corpo sul collo dell'animale come fanno quei finocchi degli inglesi, ma diritto dalla vita in su, offrendo il petto al vento. E lui se ne era reso conto con una semplice occhiata. Sì. Era uno di quei cavalieri che varcano la cordigliera delle Ande attraverso passi segreti, avvolti in lunghi poncho neri di lana pesante, portando sempre con sé il Winchester a canna mozza infilato nella gamba di uno stivale. Sicuramente anche i suoi compagni erano uomini coraggiosi, molto più coraggiosi del capitano Brick Bradford, dei Falchi Neri, di Sandokan la Tigre della Malesia, del Coyote, i miei parametri del coraggio all'epoca. Dovevano essere coraggiosi come i fratelli Pincheira, i leggendari compagni del guerrigliero Manuel Rodríguez. Chissà a quale curva ci stavano aspettando. Avrebbero messo un grosso tronco di traverso sui binari per fermare il treno? Sicuramente avevano con sé il cavallo del detenuto, un animale nero e nervoso che si lasciava montare soltanto dal padrone. E se mi portavano con loro? E se il detenuto mi avesse chiesto se volevo andarmene con loro sulla cordigliera, là dove fanno il nido i condor e ruggiscono i puma?

« Tenga, amico. Le è caduto il giornale. »

Pieno di vergogna, presi i fumetti. Li vidi sedersi di nuovo, finsi di sonnecchiare, ma non smisi di osservare il detenuto con la coda dell'occhio.

Passavano il tempo e i chilometri. I suoi compagni avevano preferito un posto più a nord per effettuare l'assalto. Lui sembrava tranquillo. Aveva fiducia nei suoi uomini. E nella notte lunga e buia dei boschi.

La maggior parte dei passeggeri dormiva. Anche tu, vecchio. Il poliziotto, dopo aver dato ostentatamente uno strattone alla catena, allungò le gambe e si coprì il volto col giornale. Allora il detenuto e io potemmo guardarci in piena libertà.

Non abbandonò mai il suo sorriso amichevole. Nella sua espressione c'era qualcosa che mi faceva male, ma che allo stesso tempo trovavo invitante. Volevo dirgli che ero dalla sua parte, e che quando i suoi compagni lo avrebbero liberato, per favore mi portasse con sé nel suo mondo di solitudine e di ghiacciai, a montare cavalli meno docili del Floridor, a indossare *chiripas* di cuoio, a imparare a servirmi del pugnale curvo, a parlare il dolce idioma delle maledizioni. Volevo dirgli con quanto amore odiavo il futuro che mi aspettava al tuo fianco, vecchio: io, il figlio maggiore, avrei ereditato il ristorante così come tu lo avevi avuto dal nonno. Volevo chiedergli di salvarmi da quel destino apparentemente ineludibile, che vedevo avvicinarsi quando qualcuno dei tuoi amici mi chiedeva se frequentavo già la scuola per ristoratori. Doveva portarmi con sé. Io ero bravo a cavalcare e gli sarei stato sempre fedele nel suo mondo di lontane cordigliere.

Anche il detenuto mi osservava, intensamente, tanto che fui costretto ad abbassare lo sguardo per non mettermi a frignare, e allora vidi l'impugnatura argentata di un coltello da tavola che spuntava da sotto l'orlo dei pantaloni.

Dovetti fare tanto d'occhi, perché il detenuto capì che lo avevo scoperto, e allora la sua espressione cambiò, le sue pupille acquistarono un altro splendore, freddo come l'impugnatura del coltello. Portò di nascosto la mano libera alla caviglia, avvolse l'arma nel palmo della mano, e lentamente la fece salire finché non scomparve in una tasca della giacca.

Senza smettere di guardarmi, si portò la mano alle labbra. Io annuii e lui tornò a sorridere. Condividevamo un terribile segreto, e se i suoi compagni non arrivavano, quel coltello ci avrebbe permesso di sorprendere il poliziotto e di fuggire sulla cordigliera.

Tu dormivi, vecchio. E io desideravo che non ti svegliassi. Che non ti accorgessi della mia assenza finché non fosse stata una verità irreparabile.

« Prossima stazione, Chillán. Cinque minuti di sosta » annunciò il controllore.

No. Non poteva essere. Io e il detenuto eravamo lì lì per ottenere la libertà. No. Non poteva essere. Che avrebbe fatto senza il mio aiuto? Lui aspettava che il poliziotto fosse profondamente addormentato per mettergli il coltello alla gola mentre io cercavo la chiave e lo liberavo dalla catena. No. Non poteva essere.

« Sveglia. È Chillán. Scendiamo. »

No, vecchio. Non ero io il ragazzo che con passi goffi percorse il corridoio fino a raggiungere lo sportello. Non ero io quello che scese esitante i gradini della scaletta. Era un estraneo che portava i miei vestiti e abitava il mio corpo. Un estraneo che non aveva saputo difendere i suoi sogni.

Sulla pensilina ci aspettava il gruppo chiassoso dei tuoi amici. Ti abbracciarono, mi abbracciarono facendo commenti su quanto ero cresciuto dall'ultima visita, mi chiesero della scuola, di mia madre, di mio fratello, se per caso avevo già una fidanzata, e se poi avrei recitato una poesia. Ma non li ascoltavo, non li vedevo, non ero né con te né con loro.

Tutto il mio essere e le mie emozioni erano ancora sul treno che riprendeva la marcia, prima lentamente, poi più svelto, veloce in pochi secondi. E lo vidi passare. Il detenuto. Il cavaliere della cordigliera. L'uomo dal coltello nascosto. Lo vidi passare serio, il sorriso perduto, come se dicesse: e io che confidavo in lei, amico. E io che avevo pensato di lasciarle montare il mio cavallo nero.

Ricordi, vecchio? Durante la cena a casa dei tuoi amici, che come sempre fu abbondante, quasi non assaggiai boccone, e rimasi in silenzio, o risposi a monosillabi. Non appena rifiutai il dolce al latte, il mio dessert preferito, qualcuno mi mise una mano sulla fronte ed esclamò allarmato che stavo bruciando di febbre.

Mi accompagnasti in camera, vecchio. Dopo aver scostato le coperte ti chinasti per togliermi gli stivali.

« Un buon sonno è la migliore medicina. Io sono in sala da pranzo con gli amici. Se hai bisogno di qualcosa, chiamami. »

Prima di uscire mi posasti una mano sulla testa nella tua carezza di sempre: scompigliarmi i capelli. Ma ti schivai, gettandomi bocconi sul letto.

« Siamo arrabbiati? Socio, cos'è successo? Parola che non ti capisco. Su, socio. Parliamo da uomo a uomo? »

Per la prima e unica volta avrei voluto dirti che ti odiavo, vecchio. Che per colpa tua non avevo potuto aiutare il detenuto, che per colpa tua forse non sarebbe riuscito a fuggire, che per colpa tua mi sentivo vile e codardo. Ma quanto più forti erano le mie ragioni, tanto più forti erano anche le forze che le scioglievano, trasformandole in un pianto isterico.

Ricordi, vecchio, che mi abbracciasti? Fra le tue braccia mi avvolse tutto quello che amavo e che amo in te. Il tuo odore di tabacco, il tuo profumo di colonia inglese, i tuoi « insomma, socio, dimmi che ti succede. Siamo o non siamo amici? » Tutto quello che amavo e che amo in te, vecchio, fece sì che il pianto modulasse la delazione.

« L'uomo sul treno. Aveva un coltello. »

« Sei sicuro? »

« L'ho visto. L'ha preso nella carrozza ristorante. »

Ricordi, vecchio? Prima di parlare mi prendesti per il mento, obbligandomi a guardarti negli occhi. Poi, con una serietà sconosciuta mi spiegasti che eravamo coinvolti in una faccenda grave e che, per quanto odioso potesse sembrarmi, avevi il dovere di informare la polizia.

Non dissi nulla. Con la testa sprofondata nel cuscino, tra i singhiozzi di un nuovo attacco di pianto, sentii che uscivi dalla stanza.

Ignoro quanto tempo rimasi a inzuppare il cuscino. Non so neppure se mi addormentai o se tornasti presto. Ricordo solo la tua mano che mi accarezzava la testa mentre i galli annunciavano l'alba.

« Sai cosa faremo oggi? Torniamo a Puerto Montt, attraversiamo lo stretto e andiamo sull'isola di Chiloé, noleggiamo una barca a vela e ci mettiamo a girare per i canali. Ho appena avvisato tua madre che ci prendiamo una settimana di vacanza. »

Ci abbracciammo con forza, vecchio, e quanto più ti stringevo, tanto più grande era la certezza che da questo abbraccio iniziava il più inevitabile e definitivo dei saluti, quello di cui non abbiamo mai parlato, e che ora, mentre un'altra nuvola si frappone tra il sole di luglio e i vetri della sala vip dell'aeroporto, sembra completarsi con queste parole che non ti arrivano, che non ti arriveranno mai, così come non mi arrivano, come non mi arriveranno mai le parole che dici dall'altra parte, sulla terrazza, con il pugno alzato, vecchio nobile, vecchio buono, vecchio compagno, vecchio amico, e se io non avessi questa testardaggine virile che mi hai dato avvolta nelle più tenere violenze, griderei il mio dolore di cucciolo ferito per non poterti dire ciao vecchio, ciao vecchio mio, ciao caro vecchio, ciao papà.

III

L'EMBLEMA DI JUANJO

Montevideo fu uno scalo obbligato del viaggio a Martos. Vi giunsi una sera d'agosto del 1977 da Colonia, lillipuziana città di frontiera nella quale mi aveva depositato al mattino l'aliscafo che collega la riva argentina con quella uruguaiana del Río de la Plata. Non sapevo che cosa mi aspettava laggiù, e per spiegare le ragioni che all'improvviso, dalla gioia, mi fecero scoppiare a ridere come un matto, in pieno centro di Montevideo, devo tornare indietro di alcuni anni.

Nel 1971 iniziò un quarto pellegrinaggio internazionale. I musulmani andavano alla Mecca, gli ebrei al Muro del Pianto, i cattolici seguivano la via di Santiago, e i giovani interessati a cambiare il mondo si recavano a Santiago del Cile. Là si avvicinavano a uno qualunque dei partiti politici e dei movimenti che davano impulso – ciascuno a suo modo – al processo cileno. La rivoluzione con *empanadas* e vino rosso.

Uno di questi pellegrini arrivò dall'Irlanda, con un passaporto che dichiarava la sua appartenenza al sesso femminile, e diceva di chiamarsi Nick, anche se cinque minuti dopo averla conosciuta ti spiegava che quello era il suo nome politico, eredità e omaggio a un irlandese dell'IRA caduto in combattimento. Nick era la magra più sgraziata che abbia mai calpestato la terra cilena. Era alta un po' più di un metro e novanta e aveva la pelle color lasagna cruda disseminata di lentiggini marroni. Il suo corpo fu azzeccatamente definito un manicotto da un volontario del corpo dei pompieri: Nick aveva la stessa scarsa quantità di carne sulle spalle, sui fianchi e sulle caviglie. Questi particolari della sua anatomia li scoprimmo a Cañete, un paesino del Cile meridionale che si affaccia sul lago Lanalhue, dove l'anno si divide in undici mesi di pioggia e uno di maltempo.

Ogni mattina, verso le sette, sulla riva del lago si radunavano varie decine di mapuche, contadini, e « attivisti del cambiamento sociale » giunti da Santiago, per vedere la gringa pazza che faceva il bagno nuda in quell'acqua semighiacciata. E non si deve pensare che il rispettabile pubblico fosse mosso da qualche pensiero morboso. No. Decisamente in Nick non c'era nulla da ammirare, ma osservandola sguazzare nell'acqua, immergersi e poi riemergere col suo corpo lungo e uniforme come il collo di un saurio del giurassico, sembrava quasi di vedere il misterioso abitante del lago di Loch Ness. Nick era fatta così. Non parlava una sillaba di spagnolo, ma era decisa a scrivere un libro sulla rivoluzione cilena e prendeva appunti su tutto ciò che vedeva e sentiva nonostante non capisse una parola. Credo che nessuno dei mapuche, dei contadini, o degli « attivisti del cambiamento sociale » provasse molta simpatia per quell'essere lungo e amorfo. Per di più era vegetariana e inorridiva davanti alla nostra dieta di carne alla griglia e frutti di mare crudi, e una volta svenne vedendoci far fuori un vassoio di *ñachi*, una specialità gastronomica mapuche preparata col sangue caldo dell'agnello appena sgozzato. Ma fu grazie a Nick che conobbi Alicia e Juanjo; e nel frattempo avevo iniziato a voler bene all'irlandese.

Arrivammo a Cañete a metà del '71, e dico arrivammo perché mi riferisco al mio e ad altri due gruppuscoli di illuminati che si incontrarono laggiù per raggiungere lo stesso obiettivo, la rivoluzione culturale, ma con mezzi diversi.

Il gruppo « A » era quello che aveva dato il

nome all'azione politica: Operazione Cavalletta. Era diretto da alcuni intellettuali che, nel corso di un viaggio in Cina, si erano convinti della validità della rivoluzione culturale ed erano tornati in Cile decisi a mettere in pratica e a seguire alla lettera le istruzioni del libretto rosso di Mao.

Il gruppo « B » iscritto a varie sezioni della Quarta Internazionale Trockijsta, era anch'esso formato da intellettuali e studenti decisi a fare la rivoluzione permanente, compagni che, pochissimo tempo dopo essere arrivati a Cañete, iniziarono a dar segni di scoraggiamento, perché apparentemente i mapuche erano infettati da un cancro piccolo borghese che li portava a difendere la proprietà privata delle loro terre. Figuriamoci.

E infine il gruppo « C » definito da noi membri il più sensato, era lì per promuovere una vera riforma agraria che sarebbe culminata in un sollevamento contadino e indigeno da Capo Horn fino al Río Bravo.

Ma, fortunatamente, niente di questo si tradusse in un'azione concreta. Tutto si limitò a un'interminabile serie di dibattiti in assemblea e a lavori di commissioni che non riuscirono mai a turbare i sonni dei contadini, invitati a vedere in azione i loro salvatori sociali. I ragazzi russavano, mentre noi passavamo da Mao a Gramsci, da Rosa Luxemburg a Ho Chi Minh, da Leon Davidovic al Che.

Al freddo, all'umidità e alla pioggia continua di Cañete si aggiunsero tre settimane di tormente polari. La temperatura si manteneva invariabilmente varie linee sotto zero, e siccome i mali non vengono mai soli, i filocinesi si impadronirono della cucina e imposero una dieta chiamata « cucina popolare pensiero Mao Tzetung » che fece fuggire definitivamente i contadini.

Noi « attivisti del cambiamento sociale » – come ci autodefinivamo noi partecipanti all'Operazione Cavalletta – vivevamo in alcune baracche equipaggiate con brandine. Era in pieno stile Auschwitz. Dentro faceva freddo quanto fuori e neppure i più volenterosi riuscivano ad addormentarsi. Il concerto di denti che battevano copriva il rumore delle tormente di neve, e non avevamo neppure la forte consolazione dell'acquavite, perché i filocinesi, con i loro attacchi di ascetismo antialcolico, avevano spinto i contadini, che ci rifornivano di un energetico così necessario, a confonderci con i testimoni di Geova. « Con voi neppure a messa, coglioni » avevano detto prima di lasciarci a secco.

Così passammo varie terribili notti di insonnia, e credo fosse il quinto giorno quando, trottando su e giù per combattere il freddo, mi imbattei in quella spilungona di Nick che faceva lo stesso.

Nel suo inglese disseminato di incomprensibili bestemmie irlandesi, prima si dedicò a criticare spietatamente la cucina dei filocinesi, poi passò ad analizzare la mancanza di internazionalismo dei cileni, perché, pur essendo noto a tutti che il modo migliore per combattere le temperature estreme era, è, e sempre sarà il concubinato d'urgenza, lei non era riuscita a far sì che almeno uno di quegli stronzi l'accettasse nel letto. E subito dopo mi parlò di una strana capanna, apparentemente abitata da porci borghesi, che aveva visto nel bosco durante le sue corsette ginniche. Punto dalla curiosità le chiesi di accompagnarmici.

Era una capanna costruita con tronchi, cosa normale in quella regione di boschi. Dissi a quella spilungona di Nick che non vedevo il carattere borghese della costruzione e, come unica risposta, ricevetti uno spintone perché mi avvicinassi. Dal comignolo usciva un invitante filo di fumo e quando fui a una quindicina di metri dalla capanna, un profumo di pancetta fritta fece sì che per poco non mi scappasse lo stomaco.

Ci avvicinammo, ma quando ci trovavamo ormai a pochi passi dalla porta, due « attivisti del cambiamento sociale » incaricati del servizio d'ordine, ci tagliarono il passo.

« La capanna è occupata. Allontanati, compagno. »

« Ah sì? E chi la occupa? »

« Non sono affari tuoi. Allontanati. E anche la gringa. »

« Cosa dicono gli indigeni? » chiese Nick.

« Che dobbiamo smammare, gringa. Continua la tua corsetta e aspettami nella baracca. Poi ti racconto tutto. »

I due tizi avevano l'aria robusta, per cui evitai di mettermi a discutere con loro. Mi allontanai una dozzina di passi e, quando mi voltai indietro, li vidi concentrati nella lettura del mini libretto rosso delle cinque lezioni contro il liberalismo.

Con un giro attraverso il bosco raggiunsi la parte posteriore della capanna. Mi avvicinai. Dal comignolo continuava a uscire del fumo, e dall'interno arrivava un profumino di caffè appena fatto che invitava a intrufolarsi dalla finestra.

Dentro, comodamente spaparanzati davanti alla stufa, c'era una coppia decisa a far fuori una formidabile razione di uova con pancetta, pane appena sfornato e una signora caffettiera. A tratti la donna rideva davvero di gusto, mentre lui proferiva dei gemiti da partoriente.

« Ti fa molto male? » chiedeva la donna.

« È insopportabile. Presto! Facciamoci una bella sudata! » rispondeva il tipo.

« Prima gli ovetti e il caffè. »

« Gli ovetti ce li ho a posto, piccola. »

Per me quelli potevano fornicare tutta la vita, ma là fuori mi sentivo gelato come un pinguino, e quelle uova con la pancetta invitavano a essere socializzate fra tutti e tre. Così bussai alla finestra.

Aprì lui. Non dovetti sforzare la memoria per riconoscerlo. Era Juanjo, un uruguaiano venuto in esilio in Cile agli inizi dell'anno. Ci eravamo conosciuti alle riunioni preparatorie dell'Operazione Cavalletta; si era sempre dimostrato una persona di ottimo carattere, e per di più non prendeva parte all'onanismo collettivo.

« Che ci fai da queste parti? »

« Turismo. Passavo, e quando ho sentito il profumino mi sono chiesto se un invitato non sarebbe bene accolto. »

« Non ti hanno visto i boy scout? »

« Sì, e mi hanno cacciato. Ma il mondo è rotondo. »

A quel punto si affacciò la donna. Conoscevo anche lei. Alicia era molto bella e da vari giorni mi chiedevo dove si era cacciata. Immaginavo fosse argentina, ma risultò, come Juanjo, uruguaiana.

« Merda » disse, ma non si riferiva a me, bensì agli « attivisti del cambiamento sociale » che guardavano minacciosi.

« Gli abbiamo detto di allontanarsi » spiegò uno.

Mi parve strano che i boy scout, come li chiamava Juanjo, non mi saltassero addosso. Si tenevano a prudente distanza e si tappavano il naso con dei fazzoletti.

« Siete voi i responsabili dell'accaduto. Ora il compagno dovrà restare in quarantena » li sgridò Juanjo.

« È stata colpa sua. Noi gli abbiamo ordinato di allontanarsi. In ogni modo raddoppieremo la sorveglianza. »

« Buona idea. E neanche una parola sull'accaduto. Ricordate che bisogna evitare il panico » spiegò Juanjo.

Una volta dentro, Alicia divise le uova con la

pancetta. All'improvviso le venne un attacco di risarella che le impedì di parlare.

« È iniziata l'epidemia » fu tutto quello che riuscì a dire tra le risate.

« Quale epidemia? » chiesi mangiando come un dannato.

« Senti. Ti parleremo chiaro: tu sei un coglione che è venuto qui senza essere invitato e devi rispettare le regole del gioco. Quegli zotici filocinesi sono una manica di segaioli che vogliono farci morire di fame, ma con Alicia abbiamo trovato il modo di evitarlo. Abbiamo annunciato che siamo vittime della terribile peste di Tacuarembó, mortale e contagiosa. Capito? Siamo in quarantena per evitarne la diffusione, e siccome sarebbe molto brutto che all'Operazione Cavalletta morissero due internazionalisti, ci alimentano come dei re. Tu ti sei contagiato e ora giochi all'appestato. »

« E se gli viene in mente di chiamare un medico? »

« A quelli? No. Sono felici con il loro carnevale e non rischieranno le loro carriere politiche con un problema concreto. Neppure i loro capi devono sapere che è scoppiata la peste di Tacuarembó, e siccome nei libri di Mao non compare nessuna ricetta per curarla... vecchio mio, non essere ingenuo.»

Quella notte feci un'altra lunga passeggiata nel bosco, andai fino alle baracche e convinsi Nick – *noblesse oblige*, era stata lei a scoprire la capanna – dei vantaggi di trascorrere assieme la quarantena.

Passammo nove giorni da dio in quella capanna e per rendere più drammatica la situazione appendemmo alla finestra un paio di mutande di Juanjo. Delle mutande gialle, l'emblema del colera, presiedevano la nostra quarantena, e ogni mattina raccoglievamo il cesto di provviste che i boy scout lasciavano a prudente distanza. Alla fine abbandonammo il luogo su una jeep dell'Operazione Cavalletta guidata da un altro uruguaiano, che era stato chiamato da Juanjo durante una pausa della bufera. Si presentò come medico specializzato nella peste di Tacuarembó, e lasciammo Cañete fra grandi misure di sicurezza. Credo di non aver mai riso tanto. E anche Nick, che dimenticò la rivoluzione e si mise a scrivere un libro sulla letteratura picaresca sudamericana.

Tornammo a Santiago, e il ciclone politico impedì che ci rivedessimo, ma pensai sempre a Nick, ad Alicia, a Juanjo, e alla peste di Tacuarembó come alla più felice delle malattie. Poi venne il golpe militare e il resto è storia nota.

Di Nick seppi che aveva trovato il modo di lasciare il Cile qualche giorno dopo il golpe. Di Alicia e di Juanjo, per quanto indagassi, non riuscii mai a sapere nulla, neppure se erano ancora vivi. Così quella sera d'agosto del 1977, camminando per Montevideo, continuavo a pensare a loro.

Erano tempi duri quelli. Montevideo era ed è una città che amo. Ho avuto molti amici laggiù, ma nel 1977 era meglio non avvicinarsi ad alcuna casa per chiedere notizie. La paura inondava tutto. E nella paura si annida il sinistro uccello della delazione.

Mentre pensavo ad Alicia e a Juanjo mi ritrovai all'improvviso a camminare davanti a Palazzo Salvo, un antico edificio a pochi metri dal palazzo del governo e dal mausoleo di Artigas. « Siano gli uruguaiani tanto coraggiosi quanto colti » aveva scritto il padre della patria. Qualcosa di inesplicabile mi fece sollevare lo sguardo, e in alto, all'ottavo piano, un insolente paio di mutande gialle appese a un balcone mi fece scoppiare a ridere come un pazzo, ma pazzo di felicità.

Dopo aver osservato bene il balcone delle

mutande varcai la soglia di Palazzo Salvo. Non sapevo neppure il vero nome di Juanjo, né tanto meno il cognome di Alicia, ma salii fino all'ottavo piano, e davanti a tre porte decisi a quale bussare.

Prima mi aprì un vecchio armato del cuscinetto di spilli che hanno tutti i sarti. Mi scusai, aspettai che richiudesse la porta e bussai a quella accanto. Lì mi aprì Juanjo, più vecchio, più robusto, con qualche capello bianco, ma col suo impeccabile sorriso di bel tipo.

« Le hai viste! Hai visto le mutande! » mi disse abbracciandomi.

Mentre prendevamo un mate mi raccontò in fretta che lui e Alicia avevano passato sei mesi nello Stadio Nazionale di Santiago, un campo sportivo che la dittatura aveva trasformato in campo di concentramento, che da lì se ne erano andati a Panama, e che poi erano tornati in Uruguay per continuare la lotta contro la dittatura.

« E Alicia? Vive qui anche lei? »

« Ora arriva. È scesa a comprare dei dolcetti per il mate. Sì. Viviamo qui, accanto alla tana della tigre. Non c'è posto più sicuro, vecchio mio. Così hai visto le mutande. Ti ricordi che fu un'idea tua mettere fuori l'emblema del colera? Ci siamo abituati ad appendere le mutande gialle. È un amuleto che finora ci ha portato fortuna. »

Alicia non tardò ad arrivare. Ci abbracciammo, ci baciammo, ci toccammo per convincerci che eravamo ancora vivi. Passai con loro una settimana felice a Montevideo. Ridemmo, cantammo, bevemmo, protetti dall'emblema di Juanjo, le mutande gialle che ci isolavano in quarantena, in salvo dall'epidemia d'orrore che fuori continuava a decimare le persone perbene.

IV

LA FRONTIERA SCOMPARSA

Sapevo che la frontiera era vicina. Un'altra frontiera, ma non la vedevo. L'unica cosa che interrompeva il monotono tramonto andino era il riflesso del sole su una struttura metallica. Lì finiva La Quiaca e l'Argentina. Di là c'era Villazón e il territorio boliviano.

In poco più di due mesi avevo percorso la strada che collega Santiago del Cile a Buenos Aires, Montevideo a Pelotas, San Paolo a Santos, porto nel quale le mie possibilità di imbarcarmi alla volta dell'Africa o dell'Europa erano andate al diavolo.

All'aeroporto di Santiago i militari cileni avevano marchiato il mio passaporto con un'enigmatica lettera « L ». Ladro? Lunatico? Libero? Lucido? Ignoro se la parola appestato inizia con elle in qualche lingua, il fatto è che ogniqualvolta lo mostravo a una compagnia di navigazione, il mio passaporto provocava ripugnanza.

« No. Non vogliamo cileni con una elle sul passaporto. »

« Può dirmi che diavolo significa la elle? »

« Andiamo. Lei lo sa meglio di me. Buona sera. »

Dovetti fare buon viso a cattiva sorte. Avevo tempo, avevo tutto il tempo del mondo, per cui decisi di imbarcarmi a Panama. Tra Santos e il Canale c'erano circa quattromila chilometri via terra, ma sono una sciocchezza per uno che ha voglia di andare.

Appollaiato a volte su corriere sgangherate o su camion, e a volte su treni lenti e svogliati, passai ad Asunción, la città della tristezza trasparente, eternamente spazzata dal vento desolato che si trascina fin lì dal Chaco. Dal Paraguay ritornai in Argentina, e attraverso lo sconosciuto paese di Humahuaca arrivai a La Quiaca con l'idea di proseguire il viaggio fino a La Paz. Poi, be', avrei visto. L'importante era lasciar passare i tempi di paura nello stesso modo in cui le barche vanno in alto mare per sfuggire ai temporali costieri.

Mi sentivo perseguitato da quei tempi di paura.

In ogni città in cui mi ero fermato avevo fatto visita a vecchi conoscenti o avevo iniziato a stringere nuove amicizie. A parte rare eccezioni, tutti mi avevano lasciato l'animo amareggiato da un sapore uniforme: la gente viveva nella paura e per la paura. Ne faceva un labirinto senza uscita, accompagnava di paura le conversazioni, i pasti. Perfino i fatti più banali li rivestiva di un'impudica prudenza, e la notte non andava a letto per sognare giorni migliori, o passati, ma per precipitare nel pantano di una paura densa e tenebrosa, una paura di ore morte che all'alba la faceva alzare dal letto con le occhiaie e ancora più intimorita.

Una notte del viaggio la passai a San Paolo cercando di amare, sia pure alla disperata. Fu un fallimento, e l'unica cosa salvabile furono i piedi della mia compagna che cercavano i miei con un linguaggio onesto di pelle e d'alba.

« Come lo abbiamo fatto male » credo di aver detto.

« Sì. Come se ci stessero osservando. Come se usassimo corpi e tempi prestati dalla paura » rispose lei.

I piedi. Goffi e inetti, cercavano di abbracciarsi mentre ci dividevamo una sigaretta.

« Un tempo era così facile andare nel paese della felicità. Non era su nessuna cartina, ma sapevamo tutti come arrivarci. C'erano unicorni e boschi di marijuana. Adesso la frontiera è scomparsa » aggiunse.

Arrivai a La Quiaca al cader della notte, e non appena scesi dal treno sentii lo schiaffo del freddo andino. Volevo aprire lo zaino e tirar fuori un maglione, ma respinsi l'idea optando per camminare velocemente in modo da riscaldarmi. Trotterellai fino a una biglietteria.

« Domani voglio andare a La Paz. Può dirmi a che ora parte il treno? »

Il bigliettaio stava bevendo un mate. Teneva tra le mani una grande zucca con rifiniture d'argento. Aveva un buon odore l'infusione. Emanava quel bell'aroma misto, dolceamaro. Pensai a come mi avrebbe fatto bene un mate con quel freddo.

Il bigliettaio mi osservò, mi scrutò la faccia da orecchio a orecchio, dalla fronte al mento, e subito stornò lo sguardo.

Era la paura: consultava il manifesto con le fotografie dei ricercati.

Non mi offrì un mate, e prima di rispondere mise da parte la zucca.

« Questo devi chiederlo ai boliviani. La frontiera è a due passi, ma adesso è chiusa. »

Il bigliettaio parlava con una cadenza cantilenante, come gli abitanti di Salta o della Rioja.

Accanto alla stazione c'era un albergo trascurato, come tutti gli alberghi di paesini senza importanza.

Una volta in camera – un letto di ottone, un comodino zoppo, una bugia con due dita di candela, uno specchio, un catino di latta, una brocca d'acqua, e un telo rigido che giurava di essere un asciugamano – aprii lo zaino e mi misi un maglione pesante. Nella stanza faceva altrettanto freddo che fuori e il letto andava bene per una notte. Le lenzuola, superinamidate, avevano la stessa rigidità lignea dell'asciugamano, ma le coperte erano pesanti e di lana. Ricordai qualcuno, chi diavolo era?, che aveva definito il freddo il miglior alleato dell'igiene alberghiera.

Uscii dall'albergo per visitare La Quiaca e mi avviai per strade silenziose e solitarie, tra case di fango che con l'avanzare delle ombre si mimetizzavano con i monti vicini. Dopo pochi isolati trovai una bottega aperta. C'era odore di carne arrostita e per ordine della pancia mi ritrovai seduto a un tavolo apparecchiato con carta da pacchi.

« Abbiamo soltanto spuntature alla griglia » disse il cameriere. Era un tipo piccoletto con spalle larghe e gambe corte, che sfoggiava dei capelli ritti come una spazzola sopra un volto da totem. E parlava accentuando le esse, come se le pronunciasse a denti stretti.

La carne era deliziosa. Non appena si infilava il coltello colava giù il grasso ed era un piacere inzupparci il pane. Il vino era un po' aspro, ma metteva allegria in corpo.

Dopo aver mangiato, ordinai un bicchierino di acquavite e mi lasciai scuotere dalla formidabile ricompensa del rutto. Allora vidi il vecchio.

Indossava un logoro giubbotto di pelle marrone. Entrò e posò sul tavolo dei guanti da lavoro e una lanterna d'ottone.

Il vecchio annuì alle indicazioni del cameriere e, quando gli fu portata la brocca del vino, ne bevve un lungo sorso a occhi chiusi, con la soddisfazione di chi torna da un'estenuante giornata di lavoro. Mi avvicinai.

« Mi scusi, signore. Lei è un impiegato delle ferrovie? »

« Sì e no » disse.

La risposta mi sorprese e mi mise a disagio, ma subito vidi che mi indicava una sedia.

« Sì, per quanto riguarda le ferrovie. No, per quanto riguarda l'impiegato. Sono operaio. »

« Capisco. Mi scusi. »

« Cileno? »

« Così pare. »

« Vuoi mangiare qualcosa? »

Lo ringraziai, spiegando che lo avevo già fatto, e gli chiesi l'orario del treno per La Paz. In quel momento arrivò la carne. Al vecchio brillarono gli occhi e pulì forchetta e coltello con il tovagliolo.

« Buon appetito. »

« Grazie. Vuoi un bicchiere di vino? »

Senza aspettare risposta fece schioccare le dita per chiedere un altro bicchiere. Si mise in bocca il primo pezzo di carne e adottò un atteggiamento sognante.

« La cosa migliore della vacca sono le spuntature alla griglia. Che nobile bestia la vacca, piena di bistecche da tutte le parti, ma la cosa migliore sono le spuntature alla griglia. »

« La penso nello stesso modo. Alla salute. »

« Alla salute. Sai che cosa manca qui nel nord? La salsa di *chimichurri.* Ecco cosa ci manca. Al verso la rima e alla grigliata il *chimichurri.* »

« Sono perfettamente d'accordo. »

Il vecchio masticava con disciplina macrobiotica. Alcune gocce di sugo cercavano di sfuggirgli dagli angoli della bocca, ma la lingua agiva con implacabile rapidità. Dopo aver masticato coscienziosamente i bocconi, li mandava giù con lunghi sorsi di vino.

« Dici che vai a La Paz. Attento al mal di montagna lassù. Se ne risenti, mangia della cipolla. Butta della cipolla nella macchina. A La Paz. Il treno parte fra le otto e le dodici, non si può dire che sia molto inglese. Hai il biglietto? »

Parlava senza guardarmi. Tutta la sua attenzione era concentrata sul pezzo di carne che scompariva in una delicata agonia di sughi, finché non ebbe ripulito il piatto.

« No. Non l'ho ancora comprato » dissi, desideroso di congedarmi, ma il vecchio ordinò un'altra brocca di vino.

« Scusami per la scortesia, ma avevo una fame... Più di dodici ore senza pappare. Figurati. »

« Non si preoccupi. »

« E così non hai il biglietto. Allora devi attraversare la frontiera per tempo. I militari la aprono alle sette e c'è sempre una fila che aspetta. »

« Cercherò di arrivare tra i primi. »

« Bravo. Ma non basta. Alla biglietteria i boliviani ti diranno che non c'è più posto, che sono già stati venduti tutti i biglietti. Ti diranno così. Quei figli di buona donna. E sai allora cosa devi fare? Devi piegare una banconota, di quelle da cinquanta sacchi, capisci cosa intendo? »

« Sì. Grazie per l'informazione. »

Il vecchio cominciò a guardarmi con aria maliziosa. Tolse un lungo spillo d'argento dal risvolto del giubbotto e si pulì i denti.

« E così sei cileno. »

« Da qualche parte bisogna pur nascere. »

« La cosa va male anche là, vero? »

La cosa. Se c'era qualcosa che odiavo erano le domande risposta, e in quei tempi di paura parlare della cosa non era troppo raccomandabile.

« Come da tutte le altre parti, suppongo. »

« Hai ragione. Il mondo è marcio. »

Non era consigliabile nemmeno filosofeggiare sul marciume universale con uno sconosciuto. Accennai ad alzarmi in piedi, ma il vecchio mi dette una pacca sul braccio.

« Sai cosa c'è, caro cileno? »

« No. Cosa c'è? »

« Che mi è rimasta un po' di fame. Ecco cosa c'è. Che ne dici se ordiniamo un'altra porzione di carne alla griglia e facciamo a metà? »

Allora pensai a quei fottuti tempi di paura, al viaggio compiuto, durante il quale generalmente avevo mangiato da solo, in fretta e furia, e pensai che restare aggrappato per qualche ora a quel tavolo era una forma di resistenza.

« D'accordo. Ma il vino lo offro io. »

« Bravo! » esclamò il vecchio, e mi tese la mano.

Mangiammo. Bevemmo. Parlammo di un ragazzo che prometteva bene, un certo Maradona, molto simile a Chamaco Valdés nella padronanza della palla, confrontammo i pugni di Oscar Ringo Bonavena con quelli di Martín Vargas, concordammo che l'emozione di Carlitos era incomparabile, ma che al momento di valutare le voci, quella di Julio Sosa, il maschio del tango, non aveva avversari. Il tavolo apparecchiato con carta da pacchi si trasformò in una festa di famiglia, in una serata qualunque in America Latina, condivisa da un argentino e da un cileno. I tempi di paura rimasero fuori, e un portiere invisibile e implacabile si incaricò di vietare loro il passo, sputandogli in faccia la condizione di indesiderabili.

Alla fine della cena il vecchio mi ricordò la necessità di arrivare presto alla frontiera, e compì il gesto di chiudere a pugno la mano sinistra, lasciando il pollice teso a indicare un punto che poteva cadere giù dal cielo o trovarsi alle sue spalle.

« È vicinissima. La frontiera inizia con il treno » disse.

In albergo il letto era molto freddo, forse

umido, e tardai abbastanza a riscaldarmi. Sentivo la stanchezza del viaggio, e delle cinque brocche di vino scolate con il ferroviere. Volevo dormire, ma temevo di non svegliarmi e di perdere il treno. L'idea di rimanere un altro giorno a La Quiaca non mi andava troppo. Per fortuna avevo abbastanza sigarette, e il tabacco riuscì a rendere più breve la notte.

L'alba arrivò senza preavviso, come se una mano potente avesse lacerato con violenza le cortine d'ombra, e dalla finestra entrò una fiumana di luce che feriva le pupille. Guardai l'orologio: erano le sei del mattino. L'ora giusta per andare alla frontiera.

Dopo pochi passi mi trovai davanti la curiosa costruzione che avevo visto il giorno precedente: un ponte di ferro. A un estremo, una casamatta ornata con i colori della bandiera argentina. All'altro estremo, una seconda casamatta con i colori della bandiera boliviana. Sotto il ponte non passava alcun fiume.

Poco dopo le sette del mattino delle guardie argentine ancora insonnolite aprirono la frontiera. C'era molta gente, donne, uomini, bambini dai volti totemici, enigmatici, che parlavano assieme nel loro sibilante *aimará* con le guance gonfie di palle di coca. Erano carichi di fagotti, valigie, fasci di erbe, frutta, verdura, galline trasportate a testa in giù con gli occhi in bianco e le ali goffamente tese, utensili da cucina, manufatti indefinibili. Dall'altra parte del ponte si vedeva un gruppo umano simile, e ricordai le parole del ferroviere vedendo che i binari nascevano accanto alla casamatta boliviana.

I gendarmi argentini controllarono il mio passaporto, confrontarono la foto con quelle del manifesto dei ricercati, e me lo restituirono in silenzio. Attraversai il ponte. Addio Argentina. Buongiorno Bolivia.

I boliviani ripeterono la cerimonia, ma stavolta con delle domande formulate da un soldato.

« Dove è diretto? »

« A La Paz. »

« Ha il biglietto? »

« No. Per questo sono venuto di buon'ora. »

« Quanti giorni si tratterrà in Bolivia? Ha un domicilio a La Paz? »

« No. Da lì proseguirò il viaggio. »

« Dove è diretto? »

Dove? Esitai. Pensai a una piccola carta scolastica del Sudamerica che avevo nello zaino. Era una cartina piena di nomi suggestivi, e avrei potuto dire Lima, Guayaquil, Bogotà, Cartagena, Paramaribo, Belem, ma l'unica cosa che mi venne alle labbra fu un nome che avevo sentito dire al nonno.

« A Martos... È in Spagna. »

Il soldato mi autorizzò a proseguire, ma sentii che mi fissava con odio. Erano gli occhi di un dio iracondo. Occhi di fuoco nero in un volto di pietra.

Nella stazione di Villazón seguii le raccomandazioni del ferroviere, e la banconota da cinquanta pesos accuratamente ripiegata trasformò i rifiuti dell'impiegato in lamenti contro chi arrivava a comprare i suoi biglietti all'ultimo momento. La stazione di Villazón era più piccola di quella di La Quiaca. Aveva due pensiline in cemento talmente pulite da apparire immacolate.

« Il treno arriva fra le otto e le dieci, si riempie fra le dieci e mezzogiorno e parte quando è completo » mi informò il bigliettaio.

Avevo il tempo di visitare un po' il posto. Comprai due *empanadas* e una tazza di caffè da una venditrice ambulante. Seduto sullo zaino vidi la stazione trasformarsi in un'allegra fiera di cibi, frutta, manufatti e animali da cortile. Contento, assorbivo quella realtà sconosciuta.

Alle otto il sole iniziò a picchiare forte. Riflettendosi sui muri a calce moltiplicava il suo effetto accecante. Mi stavo pulendo gli occhiali da sole quando sentii una voce nota, la voce del vecchio ferroviere.

« Scappa, cileno. Scappa. »

Mi voltai. Il vecchio mi passò accanto senza guardarmi, ma borbottando a denti stretti.

« Scappa, caro cileno. Scappa prima che ti acchiappino. »

Il sole andino fermò le ore, la rotazione del pianeta, i capricciosi giri dell'universo. Non c'era una nuvola in cielo, né un uccello, e all'improvviso, come se avessero sentito un segnale segreto, l'eco di una tromba d'allarme che risuonava da secoli nella solitudine delle vette, gli esseri totemici ammucchiarono le loro mercanzie, e un'indicibile ventata di paura passò sulle pensiline spazzando via l'allegra fiera.

Quando guardai verso l'inizio dei binari, verso la frontiera, vidi il picchetto di soldati che scendeva da un camion. Obbedendo ai gesti di un ufficiale avanzarono aperti a ventaglio, pronti a respingere ogni imboscata. E io ero solo, seduto sullo zaino.

In quello stesso istante si udì il fischio che mi obbligò a guardare in direzione opposta, e vidi la vecchia locomotrice diesel che entrava in stazione.

Era un grande animale verde con una cicatrice gialla sul ventre, che trascinava il convoglio sbuffando come un vecchio drago. Vidi passare i vagoni grigi come una triste fila di pesci morti con le parole La Paz ripetute sulle branchie.

La locomotrice si fermò quando ormai sfiorava il ponte, perché, come aveva detto il ferroviere, la frontiera iniziava con il treno. Allora mi spinsero contro un muro, e lì rimasi con le gambe molto larghe e le mani appoggiate all'intonaco a calce, mentre delle mani guantate vuotavano lo zaino calpestando libri, foto, ricordi resistenti ai tempi di paura, finché a forza di spintoni non mi fecero sdraiare a pancia in giù con le mani alla nuca.

Passarono un paio d'ore, poi i soldati ripeterono il gioco della caccia e fecero sdraiare al mio fianco un altro giovane con lo zaino. Si trattava di un argentino seguace degli Hare Krishna, che con il sole a picco sulla testa rapata e il corpo impacciato dai suoi stravaganti indumenti arancioni non smetteva di augurare loro la pace eterna.

« Che succede, fratello? » mi chiese sottovoce.

« Chiudi la bocca o te la chiuderanno loro. »

« Ma cosa abbiamo fatto, fratello? »

« Forse abbiamo chiamato fratelli dei figli unici. »

Passarono le ore e i crampi si fecero man mano meno dolorosi. Rimaneva però la voglia di fumare, e in quella umiliante prospettiva da rettile guardavo le ruote del treno, i piedi agili dei passeggeri, i fagotti e le valigie che all'improvviso perdevano peso e si innalzavano. Quando, dopo il fischio, le ruote si misero in movimento, sentii che si portavano via l'unica possibilità di lasciarmi alle spalle quei tempi di paura, mentre io rimanevo loro prigioniero forse per sempre.

« Ho detto la verità, tutta la verità » si lamentò l'arancione.

« Anch'io. C'è gente di poca fede. »

« Ho detto che da La Paz prendo un aereo per Calcutta. Ho mostrato loro il biglietto, i documenti, tutto. »

« Te l'ho detto: c'è gente di poca fede. »

« Vado in cerca della luce. Questa è una prova, fratello. »

« Non rompere. »

« La luce è a Calcutta, fratello. »

Alle cinque del pomeriggio ci autorizzarono ad alzarci. Avevamo tutti e due la pelle delle braccia e del collo ustionata dal sole. Con una rapidissima pratica burocratica ci spogliarono del denaro e degli orologi, per procedere subito dopo a espellerci dalla Bolivia come indesiderabili.

Di là dal ponte ci aspettava il vecchio ferroviere, con una caraffa d'acqua e un barattolo di crema per le ustioni.

«Avete avuto fortuna, ragazzi. Quelle belve avrebbero potuto portarvi in caserma, e allora addio pampa mia. Avete avuto fortuna.»

«Andrò a Calcutta» dichiarò l'arancione.

Non dubitavo che ci sarebbe riuscito, e mentre mi allontanavo con il vecchio, desiderai ardentemente che ci arrivasse presto, perché se quel ragazzo rapato, con lo zaino e le vesti arancioni, fosse giunto a Calcutta, almeno uno su mille avrebbe ritrovato la sua frontiera scomparsa, quella che ci permetteva di entrare nei territori della felicità.

V

MACHALA

A partire dal 1973 più di un milione di cileni si lasciarono alle spalle il loro paese malato, magro e lungo. Alcuni costretti all'esilio, altri che fuggivano dalla paura verso la miseria, e altri ancora con la semplice idea di tentare la fortuna nel nord. Questi ultimi avevano una sola meta: gli Stati Uniti.

La maggior parte di loro convertiva i pochi averi in un biglietto di corriera per Guayaquil o per Quito. Pensavano che da lì bastasse fare quattro passi per ritrovarsi subito nel nord, nella terra promessa.

Dopo vari giorni di viaggio scendevano dalle corriere pieni di crampi, sudati, famelici, e appena prese le prime informazioni su come continuare il viaggio scoprivano che il Sudamerica è enorme, e che, per maggiore disgrazia, in Colombia la strada panamericana scompariva inghiottita dalla selva. Restavano in mezzo al mondo come barche alla deriva: senza presente né futuro.

Uno di questi tipi era il pianista dell'Ali Kan, uno spilungone magro, bianco come un cencio. Gli occhi sempre arrossati e i denti gialli che scendevano sul labbro inferiore gli davano un'aria da coniglio triste.

Non riusciva a trattenere le lacrime ogni volta che ricordava Valparaíso, quando suonava nell'orchestra dell'American Bar, centenario ritrovo dei bohémien di quel porto che i militari avevano cancellato dalla scena con l'imposizione di un coprifuoco che si sarebbe prolungato per tredici anni.

« Quello sì che era un locale decente. Le ragazze non erano puttane: erano miss. E i marinai lasciavano mance fantastiche ai musicisti, non era come in questo porcile » si lamentava, e subito imprecava per essere caduto – perché in questo posto non si arriva, si cade – a Puerto Bolívar.

Puerto Bolívar è sul Pacifico, vicinissimo a Machala, a sud di Guayaquil. Il mare è presente con la brezza che a volte riesce a dissipare il tanfo umido e caldo che arriva dall'interno. Si può vedere e ascoltare, ma non se ne può sentire il profumo.

A Puerto Bolívar le banane dell'Ecuador vengono imbarcate per tutto il mondo. A circa cinque chilometri dal molo c'è un buco grande come uno stadio di calcio dalla profondità sconosciuta. Là finiscono le tonnellate di banane non adatte all'esportazione, o perché hanno iniziato a maturare prima del tempo, o perché presentano sospettose macchie di parassiti, o perché il proprietario della piantagione, o il trasportatore, si è rifiutato di pagare qualcuna delle imposte fissate dalle mafie del settore.

Il posto si chiama la Pentola e ribolle continuamente. Le migliaia di tonnellate di frutta in costante decomposizione formano un impasto denso, nauseabondo e gorgogliante. Tutto quello che non va bene finisce nella Pentola e quel mostruoso stufato non si nutre solo di sostanze vegetali: lì marciscono anche gli avversari dei cacicchi politici, con varie once di piombo in corpo, o mutilati a colpi di machete. La Pentola ribolle senza posa. Il suo fetore è tale che neppure gli avvoltoi si avvicinano, e scaccia il profumo del mare.

« Vattene. Vattene immediatamente, prima che quel maledetto fetore ti soffochi la volontà e tu finisca come me, a marcire vivo qui » mi ripeteva il pianista ogni volta che ci vedevamo.

Arrivai a Machala perché volevo andarmene subito dall'Ecuador, e l'unico modo per accelerare i viaggi è non fare lo schizzinoso con nessun lavoro. Così accettai un contratto semestrale dell'Università di Machala, per spiegare a un pugno di studenti il tessuto sociologico delle comunicazioni. Appena arrivato sentii il desiderio di andarmene, ma ero senza un centesimo in tasca, e per riscuotere lo stipendio dovevo aspettare la fine del contratto. Una formalità burocratica tipicamente tropicale era colpevole del fatto che noi professori in visita fossimo pagati una volta concluso il semestre e grazie ai servizi di un amministratore che si teneva metà della grana.

Per economizzare un po' del denaro che non avevamo, io e un gruppo di professori – tra noi ci davamo del « dottore » – formato da un uruguaiano, un argentino, due cileni, un canadese e un tipo di Quito che odiava i tropici con tutta l'anima, decidemmo di vivere assieme in una grande stanza dipinta di un verde scandaloso, col soffitto di lamiera ondulata e vista sulla selva. Vi attaccammo sei amache, e la sera ci cullavamo fumando, chiacchierando dei nostri progetti una volta riscosso, scolandoci casse di birra, e guardando le pale del ventilatore che giravano inutilmente sopra le nostre teste.

A Machala non c'era molto da vedere e ancora meno da fare. Il prete, incaricato di censurare i film che venivano proiettati in un cinema all'aperto, non spiccava per il suo buon gusto, di modo che per resistere alla calura notturna impregnata del fetore della Pentola, non ci restava altra scelta che fare un giretto al casinò, o nei bordelli di Puerto Bolívar.

Al casinò andavamo per goderci l'aria condizionata, e perché non mancava mai qualcuno dei nostri studenti che perdeva in pochi minuti il denaro che noi avremmo ricevuto per un semestre di sudato lavoro.

«Servite da bere ai *teachers*» ordinava lo studente con gli occhi fissi sulla pallina della roulette. Noi ringraziavamo, augurandogli buona fortuna.

Nei bordelli andavamo volentieri, specialmente all'Ali Kan, un'enorme baracca di legno col tetto di lamiera ondulata gestito da donna Evarista, una grassa cilena sulla sessantina che sudava e piagnucolava sulle nostre spalle durante i suoi attacchi di nostalgia per Santiago o per Buenos Aires, le città dove si era fatta le prime armi nel mestiere. Invitare donna Evarista a ballare un tango significava una bottiglia di whisky e una stecca di sigarette offerte dalla casa. Tutti noi ballavamo il tango in maniera accettabile, eccetto il canadese, sempre impegnato a prendere appunti su tutto quello che vedeva e sentiva per scrivere un romanzo che, secondo lui, sarebbe stato meglio di *Cent'anni di solitudine*. La cicciona ardeva d'amore per il canadese e ogni volta che lo vedeva scrivere faceva zittire le puttane.

All'Ali Kan lavoravano una ventina di donne che soddisfacevano i loro clienti in stanzine minuscole, su materassi buttati per terra. A volte, quando qualche robusto marinaio coi suoi eccessi amorosi faceva tremare il locale costruito su palafitte, noi clienti del salone gli dedicavamo un sentito applauso. Così passavano le serate. Le serate dell'Ali Kan.

Il giorno dopo iniziava da capo la routine dei tropici: mi svegliavo con il fetore della Pentola, saltavo giù dall'amaca, facevo in modo che la spina dorsale recuperasse la posizione verticale, toglievo scarafaggi e scorpioni dalle scarpe, mi infilavo sotto una lunga doccia, uscivo nel tanfo appiccicoso della strada, bevevo un *tinto*, un formidabile caffè amaro al bar, percorrevo cinque isolati, e quando arrivavo all'università avrei dovuto farmi un'altra doccia prima di iniziare le lezioni.

Al mio corso di sociologia delle comunicazioni erano iscritti quindici studenti, ma non arrivai mai a conoscerne più di tre, e mi sono sempre chiesto che diavolo ci facessero.

Uno di loro a vent'anni era già un esperto in malattie veneree: le aveva avute tutte e se ne vantava. Un altro, figlio di un magnate delle banane, dedicava le mattine a studiare coscienziosamente i cataloghi di auto sportive. Viveva ossessionato dal desiderio di avere una Porsche. Il fatto che nella regione quasi non ci fossero strade non gli creava il minimo problema. E il terzo, be', non riuscii mai a scoprire se sapeva almeno leggere.

Dopo tre mesi iniziai a dar ragione al pianista dell'Ali Kan. Dovevo andarmene da quel dannato posto.

La buona società di Machala non ci aveva mai guardato con simpatia. Eravamo sei tizi, cinque dei quali stranieri, che vivevano a credito, e che frequentavano i bordelli. Non ci aveva mai guardato con simpatia, ma non ci aveva nemmeno reso la vita un inferno. Ci concedevano una sorta di accettazione basata sull'avversione e la sfiducia, che durò fino alla sera in cui una delle ragazze dell'Ali Kan ci raccontò con le lacrime agli occhi che il prete le aveva impedito di entrare al cinema, a lei e ad altre due compagne di lavoro, che perciò si erano perse la proiezione di *Cat Ballou*.

« E pensare che ci piace così tanto quello stronzo di Lee Marvin » spiegò piagnucolando.

Fottuti, ma pieni di cavalleria, noi sei moschettieri andammo immediatamente dal prete, a cantargliela chiara.

« Nel cinema non entrano donne di malaffare » sputò fuori il sacerdote.

« Il cinema è cultura. Può darsi che in qualche film trovino il coraggio morale che faccia loro cambiar vita. Ricordi che è lei a valutare i film » ribatté l'argentino.

« Non lo nego. Ma devono venire accompagnate da persone di provata moralità. »

« Per esempio in compagnia di professori universitari? » chiese il canadese.

« Voi? Mettereste a rischio le vostre carriere per andare al cinema con delle puttane? Ma non mi fate ridere. »

Da quel giorno, ogni venerdì, andammo al cinema con le ragazze che lo desideravano. In piedi sulla porta il prete ci guardava con odio, ma non poteva impedire l'ingresso alle nostre accompagnatrici.

Compimmo un dovere cavalleresco, ma la buona società di Machala non la vide in questo modo. I professori del posto smisero di invitarci a casa loro, i poliziotti ci guardavano con aria beffarda, e iniziò a girare la voce che combinavamo pedagogia e ruffianeria. Era arrivato il momento di andarsene. Il problema era come. Mancava ancora più di un mese alla fine del semestre.

L'opportunità di riprendere il cammino mi si presentò una sera al casinò. Me ne stavo lì, a godermi il freddo che strappava starnuti ai giocatori e permetteva alle dame di Machala di sfoggiare cappotti e colli di pelliccia.

Ero solo. I miei colleghi se ne erano andati all'Ali Kan perché la sera prima era avvenuto un miracolo: finalmente il canadese, con mezza bottiglia di rum in corpo, aveva osato invitare a ballare la cicciona. Tango, salsa, merengue, valzerini creoli, *pasillos, sanjuanitos*, aveva ballato di tutto. Trasformato in una trottola, il canadese aveva dichiarato che il suo progetto di romanzo andava definitivamente al diavolo e aveva distribuito le sue pagine di appunti fra i clienti. D'ora in poi avrebbe vissuto intensamente, accanto al suo grande amore, aveva dichiarato stretto a donna Evarista che non stava più nella pelle dalla gioia. La cicciona ci aveva invitato tutti a una cena di fidanzamento alla quale naturalmente avrei partecipato, ma prima volevo sentire quel meraviglioso freddo che ti faceva uscire volentieri dal casinò. Ed ero lì per questo, quando una mano mi scosse la spalla.

Era un tizio che conoscevo di vista. Sapevo che aveva un'impresa per il trasporto delle banane, che era proprietario di camion e di barche. L'uomo aveva la parlata lenta e ritmica degli abitanti di Guayaquil.

« Senta, *teacher*, lei crede nella legge delle probabilità? »

« Qualcosa di vero c'è. »

« Guardi: ho scommesso sei volte di seguito sullo zero, e non è uscito. Pensa che la prossima volta uscirà? »

« L'unico modo per saperlo è rischiare. »

« Così mi piacciono gli uomini » disse, e lanciò un mazzo di chiavi sul tappeto verde.

« Una Chrysler di quest'anno. Mi è costata ventimila dollari. »

Il croupier si scusò un momento, andò in una sala attigua e tornò indietro di corsa.

« Diecimila e un cinque per cento di commissione per il banco. »

« Quindicimila, e raddoppio la commissione. »

« Si accetta la scommessa. Fate il vostro gioco, signori. »

La pallina iniziò a girare e l'uomo di Guayaquil ne seguiva la traiettoria con sguardo impassibile. Teneva le mani appoggiate sul tappeto senza il minimo segno di turbamento. Era un vero giocatore. Il suo abbandono indicava che voleva perdere. Quando la pallina si fermò e cadde sul numero sette, si strinse nelle spalle.

« Che rottura, *teacher.* Ma ora ci siamo tolti il dubbio. »

« Mi dispiace. »

« La fortuna è fatta così. Andiamo al bar. Le offro da bere. »

Al banco ci presentammo. Il tizio volle saperne di più su di me, e dopo aver ascoltato in silenzio mi parlò come a un commerciante di banane.

« Lei mi è capitato proprio al momento giusto, *teacher.* Verrà a vivere un paio di mesi con me a Rocafuerte. Ho un figlio che sta per finire le superiori e voglio che diventi avvocato. Lei me lo prepara per entrare all'università e io le risolvo qualsiasi problema economico. Affare fatto? »

« Nelle università ecuadoriane entra chi vuole. »

« Ma mio figlio studierà negli Stati Uniti. Là ci sono esami di ammissione e seccature del genere. Duemila dollari al mese? Facciamo una cosa pratica, *teacher:* le firmo un assegno in bianco. Lei domani lo cambia. Prenda mille, duemila dollari, quello di cui ha bisogno. Basta che venga a casa mia questo fine settimana. E ora se ne vada, *teacher.* Dopo aver perso mi piace stare da solo. »

Arrivai all'Ali Kan a mezzanotte passata. I miei colleghi si trovavano nella stanza di donna Evarista. La cicciona aveva preparato decine di *empanadas* che sembravano più buone del caviale Beluga in quell'inferno culinario dove la dieta non conosceva altro che riso e fette di banane verdi fritte.

Quella notte festeggiammo alla grande. Donna Evarista riconobbe la firma sull'assegno e disse che si trattava di uno degli uomini più ricchi della regione, per cui le mie preoccupazioni erano finite e potevo sentirmi di nuovo in movimento.

Mangiammo *empanadas* a quattro palmenti, scolammo innumerevoli bottiglie di vino cileno e dopo aver cantato i tanghi che strappavano cascate di lacrime alla cicciona, il canadese ci sorprese pronunciando un discorso in piedi sul tavolo.

« Compagni, voglio dirvi che questa donna è meravigliosa e che domani vengo a vivere con lei. Diventerò il *man* di questa casa, e voi, compagni, fratelli miei, d'ora in poi sarete come figli per noi. Viva i figli di puttana! »

Il giorno successivo passai dalla banca e ritirai una considerevole quantità di denaro, pagai i debiti, distribuii qualche banconota fra i miei colleghi, e con lo zaino in spalla me ne andai alla stazione dei pullman. Là mi aspettava il pianista, lungo, magro e bianco come un cencio.

« Non sai quanto sono contento per te, ragazzo. Buona fortuna » disse, stringendomi la mano.

Prima di salire sull'autobus respirai a fondo, mi riempii i polmoni dell'aria marcia che arrivava dalla Pentola, e attraverso gli altoparlanti della piazza sentii la voce del prete che minacciava di scomunicare tutti coloro che fossero andati a vedere il film *Kramer contro Kramer*, accusandolo di essere un'apologia del divorzio.

« Stasera il cinema sarà pieno » mormorò il pianista.

Vari anni dopo, ormai molto lontano dall'Ecuador, su una rivista letteraria del Quebec riconobbi il nome del canadese di Machala. Aveva pubblicato un racconto intitolato *Ai tropici tutti i gatti sono bigi.* Era una bella storia, e faceva riferimento a un certo periodo vissuto assieme ad altri cinque tizi in un paese delimitato dal fetore dell'inferno. Era un buon racconto, come furono buoni quei giorni che vissi in attesa di uno stipendio che non arrivava, sotto le pale di un ventilatore che non produceva alcuna brezza, giorni condivisi con uomini e donne di grande nobiltà che mi offrirono il meglio di se stessi.

VI

IL GOVERNATORE DON PEDRO DE SARMIENTO Y FIGUEROA

Quella mattina mi alzai prima dell'alba, impacchettai i miei pochi averi e dissi addio alla tenuta La Conquistada. Era un bel posto, una fantastica oasi di verde in mezzo all'altopiano desertico, e mi sentii ridicolo, umiliato dal fatto di dovermene andare di nascosto e con la precipitazione di un fuggiasco. Ma durante la notte avevo riflettuto, e come ha detto Lichtenstein, bisogna essere coerenti con le decisioni che ci consiglia il cuscino.

La cuoca mi vide uscire dal portico e finse di guardare altrove. Quando arrivai al cancello, lo trovai chiuso con una grossa catena e un lucchetto. Per fortuna il muro non era alto e lo saltai senza problemi.

Avevo percorso un centinaio di metri quando un camion si fermò sul bordo della strada.

« Dove va? » mi chiese uno degli uomini seduti in cabina.

« A Barranco. A prendere l'aereotaxi » risposi.

« Se non le secca viaggiare in compagnia possiamo darle un passaggio qui dietro. Andiamo a Ibarra» disse l'autista.

«Fantastico. Mille grazie» risposi, e mi arrampicai sulla parte posteriore del mezzo.

Il camion trasportava dei maiali enormi che mi accolsero come un compagno. In un angolo, seduto sullo zaino, pensai che ero stato sul punto di fare un gran salto, di arrivare in Europa, ma che la vita ancora una volta deviava il mio cammino. Per consolarmi mi disposi ad ammirare il panorama di vette e di gole inondate dalla violenta luminosità dell'alba sull'altopiano desertico.

All'improvviso sentii che i maiali non mi toglievano gli occhi di dosso. Qualcuno, non ricordo chi, ha scritto da qualche parte che i maiali hanno sguardi perversi. Non era questo il caso. I maiali che mi fissavano avevano degli occhietti innocenti, intimoriti. Forse intuivano che stavano facendo l'ultimo viaggio.

«Abbiamo qualcosa in comune e credo che ve ne siate già accorti. Ma io sono riuscito a scappare in tempo. Voi finirete trasformati in sanguinacci, compagni. Diavolo. È la vita.»

Tre settimane prima mi trovavo ad Ambato, la città dei fiori e, con pieno diritto, quella delle donne più belle dell'Ecuador. Ero diretto nel

Coca, in Amazzonia, con l'intenzione di fare un reportage sulle installazioni petrolifere. Come sempre, ero a corto di fondi e una rivista nordamericana mi aveva offerto una bella somma per il lavoro. Ad Ambato dovevo contattare un ingegnere che mi avrebbe portato sulla sua jeep fino a Cuenca, da dove avrei proseguito il viaggio su un aeroplanino della Texaco.

E così mi trovavo là, a un tavolo all'aperto di un caffè, a guardare felice le ragazze che facevano onore alla fama della città. All'improvviso, per far riposare gli occhi da tanta bellezza, detti uno sguardo al giornale. C'era un'inserzione dal testo curioso: « Si cerca un giovane educato, con un buon curriculum e facilità di scrittura, per collaborare alla redazione delle memorie di un illustre uomo pubblico. Verrà data preferenza ad aspiranti con antenati spagnoli. Gli interessati possono fissare telefonicamente appuntamento... »

Chiamai, punto dalla curiosità. Al telefono rispose una donna dalla voce autoritaria che non rispose a nessuna delle mie domande sull'identità dell'illustre uomo pubblico, ma che mi sottopose a un minuzioso interrogatorio, soprattutto riguardo ai miei antenati spagnoli. Alla fine, con mia sorpresa, disse che mi prendeva, menzionando di passaggio degli onorari che mandarono a quel paese il reportage nel Coca. Prima di congedarsi mi dette le istruzioni per arrivare alla tenuta, che si trovava a un'ottantina di chilometri da Ambato, precisando che mi aspettava l'indomani.

Ventiquattr'ore dopo arrivai davanti ai cancelli della Conquistada, un'imponente villa in stile coloniale circondata da giardini. Sotto il portico erano appese varie dozzine di gabbie con uccelli della selva, e lì fui accolto dalla donna con cui avevo parlato al telefono il giorno precedente.

« Sono di mia figlia. Adora gli uccelli. Spero che non la infastidisca il loro canto al mattino. I tucani sono particolarmente chiassosi. »

« Assolutamente no. È il modo migliore di svegliarsi. »

« Entri. Le mostrerò la sua stanza. »

L'atrio era dominato dal ritratto, in dimensioni naturali e a figura intera, di un individuo abbigliato come Cortés, Almagro, o uno qualsiasi dei conquistatori. Il guerriero appoggiava le mani sulla spada.

« Il governatore Don Pedro de Sarmiento y Figueroa. Siamo suoi discendenti diretti. Con nostro grande onore » disse la donna.

« Le mie gocce di sangue spagnolo non sono di così nobile lignaggio » commentai.

« Tutto il sangue spagnolo è nobile » ribatté lei.

La stanza che mi assegnò era sobria. Aveva un letto, un comodino e un armadio che trasudavano antichità da tutti i pori. In un angolo c'era un mobile curioso che all'inizio mi parve un modello precursore di appendiabiti, ma quando notai il crocifisso che aveva davanti capii che si trattava di un inginocchiatoio.

« Adesso si metta comodo. Fra mezz'ora la aspettiamo in sala da pranzo. »

A tavola scoprii che i discendenti del governatore non erano molti, e che con loro si estingueva la schiatta.

La donna, che era vedova, aveva in mano le redini della tenuta e trovava una vera soddisfazione nell'umiliare le indigene dei lavori domestici e i peones. Aveva una figlia, Aparicia, che si avvicinava ai quarant'anni e si muoveva in modo goffo, come se si scusasse coi mobili per essere alta oltre un metro e novanta e per dover portare in giro un corpo che, sebbene ben fatto, era tanto voluminoso. Fin dal primo momento Aparicia mi parve uscita da qualche dipinto barocco: i maestri dell'epoca dipinsero donnine bene in carne. Per qualche motivo uno di loro esagerò e dipinse Aparicia, una donnona bene in carne, e per non violare i canoni della scuola decise di toglierla dal quadro. Il suo volto avrebbe potuto essere bello, ma lo rovinava il rictus di amarezza, forse di odio, ereditato dalla madre. Aparicia passava le giornate a ricamare, e anche se ho sempre odiato i paragoni zoologici, quando mi avvicinavo a lei non potevo fare a meno di percepire il caratteristico odore di latte acido che emanano le femmine in calore.

Il capofamiglia, padre della vedova, era l'illustre uomo pubblico, un vecchio protagonista di lotte per il potere scoppiate negli anni Venti, che veniva chiamato, alla García Márquez, il colonnello, e che si alimentava con delle pappe di iucca addolcite con miele di palma. E infine c'era padre Justiniano, un vecchio sacerdote che si muoveva come un avvoltoio e puzzava di alcol da togliere il fiato.

La vita alla Conquistada trascorreva immersa in una routine immutabile: alle sette del mattino dovevo assistere alla messa nella cappella di famiglia. Una volta finita la colazione chiacchieravo un paio d'ore con il vecchio colonnello e con il prete. Subito dopo veniva il pranzo preceduto da una preghiera di ringraziamento. Nel pomeriggio, passata la siesta, prendevo il caffè con i due vecchi fino all'ora del rosario. Dopo cena passavamo nel salotto dove Aparicia ricamava, i vecchi disputavano qualche partita a domino, e la vedova mi narrava le gesta del governatore.

Una mattina, una settimana dopo il mio arrivo, uscii sotto il portico e vidi Aparicia che parlava a uno dei suoi uccelli. Non appena si accorse della mia presenza il sangue le salì alle guance e il respiro le si fece agitato. A quanto pareva, l'avevo sorpresa in una situazione molto intima e tentai di cavarmela con un commento gentile.

« Ha dei bellissimi uccelli. Come si chiama quello? » dissi indicando una gabbia a caso.

« Uccello Toro » rispose senza guardarmi.

« Può farlo cantare? »

« È meglio che quell'uccello non canti » disse, e si allontanò lasciando odore di latte acido sotto il portico.

Io rimasi davanti alla gabbia. L'uccello rinchiuso era lungo un palmo, il suo piumaggio era nero brillante, quasi blu. Sulla testa aveva un pennacchio verde e grigio, e davanti un pettorale di piume simili a quelle del pavone. Avvicinai una mano, e l'uccello, forse per paura, gonfiò il pettorale come un rospo ed emise un suono totalmente estraneo alla sua fragile bellezza. Un suono rozzo e grossolano, simile al muggito dei bovini allarmati dal temporale.

Una donna delle pulizie si avvicinò fingendo di spolverare la balaustra.

« Non faccia cantare quell'uccello, signore. È un uccello molto disgraziato. Ogni volta che canta, là nella selva gli altri uccellini se ne vanno e lo lasciano solo. Poverino. È quello a cui vuole più bene la signorina Aparicia. »

Il pomeriggio la vedova sorrideva soddisfatta vedendomi rileggere il quaderno di appunti, ma io cominciavo a considerare tutto ciò una molto ben pagata perdita di tempo. I ricordi dell'illustre uomo pubblico si rivelarono abbastanza sbiaditi dall'arteriosclerosi e dalla censura del prete. Di liberale non restava nulla a quel povero vecchio, e a volte confondeva certi episodi vissuti con altri che aveva conosciuto sui libri. Così non era strano che si riferisse all'assassinio di Eloy Alfaro come a una conseguenza delle guerre napoleoniche.

Dopo quindici giorni mi dissi che la vita alla Conquistada erano le prime vacanze che mi prendevo dopo molti anni. Mangiavo bene, dormivo come non mai, respiravo un'aria impareggiabile, bevevo buoni vini spagnoli, la vedova mi mise al corrente della proficua attività dell'allevamento suino, e Aparicia si incaricava che i miei vestiti fossero sempre puliti e impeccabilmente stirati. Qualche volta, quando sentivo che il suo profumo di femmina in calore mi scaldava il sangue, arrivavo a pensare che con un paio di bottiglie in corpo mi sarei azzardato a visitare il letto della ricamatrice.

Ogni mattina Aparicia si sedeva al mio fianco durante la messa. Non riuscii mai a capire quello che diceva, inginocchiata davanti a una Vergine scolpita da Capiscara che era l'orgoglio della famiglia. Non capii mai le sue parole, ma dai suoi gesti potevo intuire che quella donna, lungi dal pregare, imprecava, malediceva, forse addirittura bestemmiava per la sua sfortuna di essere così alta e corpulenta.

In quelle due settimane riempii un paio di quaderni con ricordi del colonnello e chiose del curato. Di tutto il gruppo, il vecchio sacerdote era quello che mi interessava di più. Nel pomeriggio, all'ora del rosario, aveva già in corpo varie bottiglie di acquavite di canna, e allora gli usciva fuori tutto il rancore contro gli abitanti dell'Amazzonia, che chiamava selvaggi, eretici, degenerati, accusandoli di essere causa della sua dannazione.

La figura di alcolizzato del prete pian piano mi sedusse, soprattutto dopo che la cuoca mi raccontò che nella sua gioventù era stato missionario tra gli auca.

« Era sulla via della santità, ma le donne selvatiche lo rincitrullirono e gli fecero perdere la castità. Siccome sono tutte belle e girano nude come Dio le ha fatte, lui si dimenticò del celibato e dicono che ebbe cinque figli nella selva. Poi impazzì al pensiero che quei poveri bastardi andavano in giro tutti nudi, mangiando carne cruda, e saltando di albero in albero come le scimmie. »

Io cercavo di sciogliere la lingua al prete, ma l'ubriaco era di poche parole.

Quando l'acquavite ingerita non gli permetteva più di reggersi in piedi, la vedova e Aparicia lo portavano a letto di peso. Poco dopo tornavano, minimizzando il carattere dipsomane di sua eminenza; la vedova mi serviva un bicchierino di cognac, e parlavamo delle memorie del colonnello, di quanto tempo mi avrebbe richiesto la redazione definitiva, e della gioia che avrebbe provato vedendole pubblicate.

La sera precedente alla mia poco dignitosa

partenza dalla Conquistada mi propose un nuovo lavoro: stavolta si trattava di scrivere la biografia del governatore. La sua offerta mi fece tremare perché includeva un viaggio in Europa.

« Naturalmente dovrà andare in Spagna per documentarsi negli archivi delle Indie. Ma di questo parleremo quando le memorie del colonnello saranno una realtà. »

Quella sera, per quanto mi girassi e rigirassi nel letto, non riuscivo a chiudere occhio. Quella famiglia, con tutti gli anacronismi e la stupidità che sfoggiava, era per me una miniera d'oro. Senza volere mi era capitato il più grande colpo di fortuna. Per la prima volta in vita mia mi assumevano, mi consideravano, e mi pagavano, per quello che avevo sempre voluto fare: scrivere. E per di più, che fortuna sfacciata!, mi avrebbero mandato in Europa.

Uscii dalla stanza e andai in cucina con l'intenzione di bere un bicchiere di latte. Accanto alla cuoca c'era un uomo che avevo già visto mentre domava un puledro. Era vestito di bianco da capo a piedi, con l'immancabile fazzoletto rosso dei *montuvios* annodato al collo.

Mentre la cuoca riscaldava un pentolino di latte, il tizio mi osservò dall'alto in basso, sorridendo in modo abbastanza cinico.

« Vedere per credere » disse, e scoppiò in una risata.

« Le sembro divertente? »

« A essere sincero, più che divertente mi sembra coglione. »

« Ora basta, amico. Io non la conosco e lei mi insulta. Posso sapere perché? »

« Non gli dir nulla, José. Non ti mettere nei pasticci » gli consigliò la cuoca.

« Cazzo! Qualcuno deve pur dirglielo. »

« Dirmi cosa? »

Allora il tizio si alzò in piedi, andò alla porta e, da là, mi fece cenno di seguirlo. Ancora stupefatto guardai la cuoca.

« Vada con lui, signore. Sembra incredibile, ma lei non sa nulla di quello che sta succedendo. »

Uscimmo nella fredda notte degli altipiani desertici. Con un altro gesto l'uomo mi indicò che eravamo diretti alle scuderie. Una volta là, mi invitò a sedere su una cassa e mi porse una bottiglia.

« Ne mandi giù un sorso. Credo che ne avrà bisogno. »

Bevvi. Sentii che mi straziava le viscere. Quello era *puro*, l'alcol più forte che esce dai torchi. Tossii, mentre l'uomo mi dava delle pacche sulla schiena.

« Mi scusi se l'ho chiamata coglione, amico. Ma se lo merita. »

« D'accordo. Ha una sigaretta per mandar giù il veleno? »

Da una tasca della camicia tirò fuori due lunghi sigari, me ne offrì uno e, mentre mi porgeva il fuoco, mi guardò negli occhi come si guarda un imbecille.

« Bene, vuoti il gozzo. Che diavolo deve dirmi? »

« Che l'hanno messa all'ingrasso, amico. Come un maiale. »

« Non capisco una parola. »

« Ah, Signore, abbi pietà dei coglioni! L'hanno messa all'ingrasso, amico, ma non per portarla al macello. Per farla sposare. »

« Che diavolo dice? »

« La faranno sposare. La vedova ha già deciso che lei è l'uomo giusto per la donnona. Scapolo, non è di queste parti, non conosce nessuno, non ha famiglia, e – scusi se la offendo – come tutti i letterati, lei deve essere uno di quei tipi che vivono sulle nuvole, per cui non ficcherà mai il naso negli affari della vedova. Lei puzza già di marito. »

« È pazzo. Da dove tira fuori simili stupidaggini? »

« Si vede che lei non è di queste parti, altrimenti avrebbe già mangiato la foglia. Pensi: a messa la fanno sedere accanto alla donnona, a tavola la fanno sedere accanto alla donnona, durante il rosario di nuovo accanto alla donnona. E chi è che le lava e le stira i vestiti? La donnona. Chi le fa il letto e le mette i fiori in camera? La donnona. Ha visto cosa ricama? Lenzuola, amico. Lenzuola nuziali. Nessuna donna di queste parti lo farebbe mai in presenza di un uomo che non sia il suo fidanzato. »

Il discorso del *montuvio* mi lasciò senza parole. Il fumo del sigaro mi bruciava la gola e gli chiesi di passarmi di nuovo la bottiglia. Stavolta il *puro* mi sembrò meno aggressivo e iniziai a vedere una certa logica in tutta la faccenda.

« Supponiamo che sia così. Perché mi dice tutto questo? »

« Perché lei mi fa pena, amico. Senta: qua siamo in molti disposti a sposarci con quel fenomeno, per la tenuta, è chiaro. Ma siccome siamo orgogliosi, nessuno di noi è disposto a rinunciare al suo cognome. Non capisce? Lei è stato messo all'ingrasso perché sia lo stallone che salvi la casata dei Sarmiento y Figueroa. La vedova è una vecchia pazza, e come il padre e il prete, vuole a ogni costo che la donnona rimanga incinta e partorisca uno o più maschietti che continuino la stirpe del governatore, o come chiamano quello spagnolo di merda. Lei è vedova, è vero, ma prima di restarlo ha passato la vita a maledire il padre di Aparicia, un tizio di Latacunga che l'abbandonò, e con ogni ragione. Quando nacque Aparicia, quel vecchio coglione del colonnello li fece frustare tutti e due per aver generato una femmina invece del maschio sperato. Capisce? E se si sta chiedendo perché la vedova non si fece mettere incinta da qualcun altro, la risposta è molto semplice: perché il continuatore dei Sarmiento y Figueroa non deve avere sangue indio nelle vene. Ha capito adesso?»

«Io ho sangue degli indios della mia terra» riuscii a rispondere.

«Devono essere ben coglioni gli indios da quelle parti. Noi qui sappiamo su che terreno posiamo le zampe. La faranno sposare, amico, e povero lei se non mette subito incinta la donnona, e ancor più poverino se non le fa partorire un maschietto.»

«E che succede se rifiuto le nozze?»

«Amico, a nessuno piacerebbe ritrovarsi nei panni di uno straniero che si permette di offendere i padroni della Conquistada...»

Al tramonto i camionisti mi lasciarono a Ibarra. Dopo essermi congedato da loro e dai maiali, la prima cosa che feci fu chiamare un amico avvocato, a Quito, per sapere la sua opinione sulla faccenda.

« Ti sei cacciato in un grosso pasticcio. Quei paranoici sono imprevedibili quando vengono feriti nell'orgoglio. »

« È assurdo. Tutto questo è assurdo. »

« In Ecuador è tutto così assurdo che ormai nessuno si stupisce più di nulla. I Sarmiento y Figueroa appartengono alle Quaranta Famiglie e possono fare e disfare a loro piacimento. Sparisci per un bel pezzo. »

Seguii il consiglio del mio amico. Andai a Bogotà, e da lì a Cartagena. Ignoro se la vedova prese qualche misura contro di me e dimenticai la storia finché, qualche anno dopo, mi ritrovai di nuovo in Ecuador. Alla fiera di Otavalo incontrai la cuoca della Conquistada.

Quella brava donna non lavorava più nella tenuta e si dedicava alla vendita ambulante di porcellini d'India arrostiti. Mi offrì la sua seggiolina di vimini, e dopo avermi regalato il più grasso dei suoi saporiti roditori, mi raccontò la fine della storia.

« Quando si accorsero della sua fuga, la vedova e i due vecchi dettero una tremenda batosta alla signorina Aparicia. La picchiavano e gridavano che era una sciocca perché in quelle settimane non gli si era infilata nel letto. Alla fine la poveretta, ammaccata e piena di lividi, ebbe ancora la forza di uccidere tutti gli uccelli che aveva nelle gabbie. Ne lasciò vivo uno solo. Un uccello nero della selva che faceva un verso come una mucca. A me fece pena la signorina, ma fui contenta per lei signore. »

« E poi cosa successe? »

« Dopo quattro o cinque mesi arrivò un altro giovane per scrivere le memorie del colonnello. Un giovane che parlava strano. Ogni volta che lo servivo diceva qualcosa come obrigado. »

« Un brasiliano. Non importa. Continui, per favore. »

« Lo fecero sposare con la signorina. Alla fine ci riuscirono. »

« E poi...? »

« E poi basta. Ora c'è un bambino nella tenuta. Vuol sapere come si chiama? Pedrito de Sarmiento y Figueroa » disse la cuoca sorridendo in modo meraviglioso, come possono fare solo le donne di Otavalo.

VII

MARTOS

Qualcuno mi dette dei colpetti sulla spalla.

« Si svegli. Siamo a Martos. »

A fatica riconobbi l'autista e realizzai che ero su un pullman. Vi ero salito non più di un'ora prima a Jaén, e non appena avevo appoggiato la testa allo schienale del sedile mi ero addormentato come un sasso.

« Martos? »

« Sì, certo. Martos. »

Quando misi piede a terra sentii che il sole di mezzogiorno picchiava come un randello. Non c'era una sola nuvola in cielo e non soffiava un alito di vento. Le strade mostravano l'immacolato candore delle case ornate da imposte verdi e ovunque si vedevano vasi con le piante che più amo: gli umili e resistenti gerani.

Non c'era gente per strada e sapevo che era normale durante le ore più calde. Da qualche casa usciva il suono di una radio, e così, camminando senza meta fra muri bianchi, arrivai a una fontana.

Un getto sottile cadeva da una cannella e feriva senza rancore la superficie liscia. Facendo conca con le mani bevvi quell'acqua fredda, rinfrescante, dal sapore minerale, che veniva da qualche posto sui monti per elargire il suo messaggio ristoratore agli assetati, e poi riprendere il suo corso fino alle radici degli olivi che si allineavano sulle colline.

Mentre bevevo, vidi nella mia immagine riflessa dei tratti estranei, ma familiari. Mi avvicinai alla superficie e lentamente il mio volto si riempì dei lineamenti del nonno.

« Sono arrivato, nonno. Sono a Martos. »

Il vecchio mi guardò coi suoi occhietti sagaci, e tirò fuori una delle sue frasi indiscutibili.

« Nessuno deve vergognarsi di essere felice. »

Allora sentii che la stanchezza del viaggio mi faceva tremare e mi annebbiava gli occhi. Immersi la faccia nella fontana e subito ripresi il cammino.

Arrivai in una piazzetta con un bar. Entrai. I cinque o sei clienti appoggiati al bancone mi osservarono per qualche secondo e poi ricominciarono a chiacchierare animatamente.

« Che cosa desidera? » chiese il padrone.

« Non lo so. Che cosa si beve a Martos a quest'ora? »

« Un bicchiere di vino, una birra... dipende dai gusti... »

« Dagli un *fino*, Manolo » intervenne un cliente.

Il padrone mi servì, io assaggiai, e in quel vino c'era lo stesso sole che splendeva fuori. Vuotai il bicchiere con evidente piacere.

« Buono, eh? » disse il padrone.

« Buonissimo. »

Io desideravo parlare con quegli uomini, dir loro che venivo da molto lontano per cercare una traccia, un'ombra, il minuscolo resto delle mie radici andaluse, ma volevo anche ascoltarli, riempirmi di quell'accento chiuso, un po' cupo, privo della cadenza cantilenante degli andalusi della costa.

Entrarono due nuovi clienti, due tipi che stavano chiacchierando già per strada. Ordinarono due bicchieri di vino rosso. Uno di loro alzò il suo senza dir nulla, ma con un gesto eloquente che valeva più di un discorso. L'altro, più loquace, rispose con due parole.

« Alla salute. »

Bevvero con gesti rituali. Poi, posando il bicchiere sul bancone, quello che aveva parlato si portò il dorso della mano alle labbra. Il mondo era in pace. La vita non poteva essere più armoniosa, e così ripresero la conversazione.

« Insomma, come ti dicevo, quello dei pomodori può essere un grosso affare. Se uno ci sa fare, è chiaro. »

« E quel gran imbecille batte e ribatte che ho i reumatismi. I reumatismi io. Figurati. »

« Gli olandesi fanno una fortuna con i pomodori, ma dimmi un po': da dove lo tirano fuori il sole gli olandesi? »

« ...che devo andare alle terme. Santa Madonna. È che questi medici della mutua credono che siamo dei signorini. Porca miseria! »

« Un buon pomodoro non può crescere in gabbia. Hai visto che pomodori vengono a Torredonjimeno? Sole e acqua del ruscello, ecco di cosa hanno bisogno i pomodori. »

« È quello che dico io: dove c'è un buon impiastro non ci sono né dolori alle ossa né cane morto. Cazzo! Ho fatto tardi. »

« Forza, Pepe. Vai a mangiare. Salutami la moglie e vediamo un po' se uno di questi giorni ci ritroviamo per fare un'altra chiacchierata. E riguardati. »

« Caro mio, lo sai come vanno le cose. »

« Lo so, Pepe, a chi lo dici. »

Quello che apparentemente non aveva reumatismi uscì, e all'improvviso mi tornò alla mente uno dei ricordi del nonno.

« A Martos c'è un bar detto dei Cacciatori? »

« Che io sappia, no » rispose il proprietario.

« Come no? » intervenne il coltivatore di pomodori.

« Vediamo un po'. C'è quello di Miguel, il Castillo, quello della Pena... »

« Manolo. Sta' attento. Come si chiamava una volta questo bar? »

« Ha avuto vari nomi. Lasciami pensare. »

« Fino al 1950 si chiamava bar dei Cacciatori. Porca miseria. Vi dimenticate sempre tutto. »

« Io sono nato nel '52. Come faccio a saperlo? »

« Ha ragione lui. Si chiamava il bar dei Cacciatori e aveva due ganci accanto alla porta. A uno si appendevano le bisacce e all'altro le doppiette. Accidenti, me lo ricordo bene » precisò un altro cliente.

Di modo che, forse, ero nello stesso posto in cui mio nonno si scolava qualche bicchiere di *fino*.

Una volta chiarita la faccenda del nome del bar, gli uomini mi osservarono con aperta curiosità, e io raccontai loro perché ero lì. Parlai di mio nonno e del mio lungo viaggio fino a Martos.

Mentre raccontavo, alcuni usarono il telefono per avvisare a casa che non sarebbero tornati a pranzo, e altri si servirono di alcuni ragazzini che erano entrati a comprare un gelato. Il barista, deciso a non perdersi neppure una parola, mise sul bancone le bottiglie di tutto quello che stavamo bevendo. Quando ebbi finito, si guardarono fra loro.

« Accidenti che storia, cileno. Accidenti. C'è uno che ha il tuo stesso cognome. Abita qua vicino. È un veterano e credo che si chiami Ángel » spiegò quello dei pomodori.

« Sissignore. Si chiama Ángel e vive con sua moglie. Ma non penso che sia di Martos. Mi sembra che siano di Segovia » ribatté un altro.

« Ma dai, don Ángel vive a Martos fin da quando ho uso di ragione » affermò quello dei pomodori.

« Sai quando è nato tuo nonno? »

« Sì, so la data esatta. »

« Quello che dobbiamo fare è chiedere al prete. Lui conosce la vita di Martos meglio di chiunque altro. »

« È chiaro. Si impiccia di tutto. »

« È il suo lavoro. Il pasticcere a fare le paste e il prete a spettegolare con le vecchie. »

« Ma a quest'ora di sicuro sta mangiando e non ascolta nemmeno Cristo. »

« Possiamo aspettare. Manolo, che ne dici di servire qualche stuzzichino? »

Alle quattro del pomeriggio avevamo fatto fuori quasi mezzo prosciutto e ci eravamo sbafati tutta la *tortilla.* Altri uomini si unirono al gruppo, messi rapidamente al corrente da chi conosceva già la storia.

Capitanati da quello dei pomodori ci accingemmo a far visita al prete, ma prima volevo pagare la consumazione.

« Ma che conto. Con la tua storia ci siamo divertiti più che con la televisione. Aspettate che vengo anch'io a trovare il curato » dichiarò il barista.

Il curato aveva almeno una settantina d'anni, ed era di quelli con la sottana. Con aria agitata venne ad affrontare il gruppo che irrompeva nella pace della sua chiesa.

« Che andate cercando da queste parti? »

« Tranquillo, signor curato, veniamo con buone intenzioni. »

« Lo chiedevo perché non vi vedo mai a messa. »

Quello dei pomodori, già accettato come portavoce del gruppo, raccontò al curato la mia storia e i motivi della visita. Allora ci fece passare in una stanza coi soffitti molto alti e i muri coperti da libri con rilegature antiche. Non impiegò molto tempo a trovare il certificato di battesimo di mio nonno.

« Avvicinati » mi disse il curato.

Aveva più di un secolo quel foglio. Tremai mentre lo osservavo. Lì c'era il nome di mio nonno e quello dei miei bisnonni. Gerardo del Carmen, figlio di Carlos Ismael e di Virginia del Pilar. Quel documento era la testimonianza del primo atto pubblico di un uomo a cui si addicevano perfettamente i versi di César Vallejo: « Nacque piccolo piccolo guardando il cielo, poi crebbe, divenne rosso, lottò con le sue cellule, le sue fami, i suoi pezzi, i suoi no, i suoi ancora... » e che nel corso della sua vita avrebbe conosciuto il carcere, la persecuzione e l'esilio per le sue idee libertarie.

« Hanno ragione. Prendi quella strada, si chiama Calle de la Virgen, e vai al numero dodici. Là vive Ángel, il fratello minore di tuo nonno, l'unico dei suoi cinque fratelli ancora in vita. Devi gridare perché è sordo come un muro. Che Dio ti benedica per averlo ritrovato.

È un miracolo » disse il prete accompagnandomi alla porta.

Quando uscii dalla chiesa si era sparsa la voce del miracolo e alcune vecchiette al mio passaggio si facevano il segno della croce. Seguito da una numerosa comitiva percorsi Calle de la Virgen e mi fermai davanti al numero indicato.

La casa era bianca come tutte le altre, e aveva un portone di legno verde. Non osavo bussare e nessuno dei miei accompagnatori prendeva l'iniziativa. Tutti restavano in silenzio, e quando guardai quei volti cotti dal sole, mi parve che la situazione racchiudesse una grande tragicità, ma non capivo il perché.

Anni dopo, quando seppi tutto quello che dovevo sapere su Martos, compresi che in quella regione, la più impoverita – non povera – dell'Andalusia, gli uomini, presto o tardi, imboccavano la strada della costa e non tornavano più. E se qualcuno lo faceva, si trattava sempre di uno sconfitto.

« Che vi prende, pettegoli? Non avete nulla da fare? » disse quello dei pomodori e la comitiva iniziò a retrocedere.

« Forza. Tornate alle vostre faccende che qui

il sole vi seccherà ancora di più la zucca » intervenne un altro del gruppo.

« Poi ripassi dal bar, eh? » si congedò il proprietario.

Mi lasciarono solo davanti al portone. Prima di bussare passai la mano sulla sua ruvida superficie. Era molto calda. Il colore verde scuro con cui era stata verniciata assorbiva e conservava il calore del sole. Lasciai lì la mano sperando che quell'energia mi colmasse il corpo e mi desse il coraggio necessario per bussare. Ma non ebbi bisogno di farlo perché la porta cedette alla pressione della mano.

Spinsi, e allora vidi il vecchio.

Dormiva serenamente, seduto su una sedia a sdraio all'ombra di un limone. Il portone si affacciava direttamente su un patio piastrellato. In fondo c'era la casa, invariabilmente bianca, e ovunque si vedevano vasi di gerani. Accanto al vecchio c'era un tavolo, e su di esso un bicchiere d'acqua e delle zollette di zucchero. Cercai sulle mattonelle una testimonianza della mia infanzia, ed era lì, in due o tre gruppi di mosche schiacciate e seccate al sole.

Mio nonno ammazzava il tempo nello stesso modo: si infilava in bocca un po' di zucchero, lo inumidiva con un sorso d'acqua, e subito sputava il miscuglio. Poi metteva un piede leggermente sollevato su quella dolce trappola e aspettava che arrivassero le mosche. E allora, ciaf.

« Ma Gerardo! Come puoi essere così cattivo? » lo rimproverava la nonna.

« È un favore che faccio all'umanità. Se queste bestiacce si evolvono, diventano o preti o militari » rispondeva il nonno.

Badando a non disturbare quella pace mi accoccolai accanto al vecchio. Dormiva con la testa leggermente china su una spalla. A tratti muoveva le labbra e le sopracciglia. Quali immagini popolavano i suoi sogni? Forse tra di esse c'era quella di suo fratello Gerardo, ancora ragazzo, chino a raccogliere olive, forse camminavano assieme giù per la collina, verso Jaén, una domenica di corrida, o forse si affacciavano al precipizio dalla rocca di Martos, da dove un tempo venivano gettati i condannati.

Il volto, solcato da infinite rughe e coperto da una rada barba bianca di vari giorni, appariva in salute. Il corpo era magro, le mani grandi, le dita grosse tradivano il contadino. E le gambe erano lunghe, come quelle di mio nonno. Gambe buone per camminare.

All'improvviso aprì gli occhi. Mi vidi riflesso

nelle sue pupille grigie, dalla luce intelligente. Cercava di collocare la mia immagine fra i suoi ricordi.

« Tu sei Paquito, il figlio della lattaia. »

« No. Non sono Paquito. »

« Non ti sento, figliolo. Che dici? »

« No, don Ángel. Non sono Paquito » dissi alzando la voce.

« Allora sei Miguelillo. Era ora che venissi, ragazzo. »

« Don Ángel. Ricorda suo fratello Gerardo? »

Allora lo sguardo del vecchio trapassò la mia pelle, percorse ciascuna delle mie ossa, uscì sulla porta, per strada, salì e scese le colline, rivide ogni albero, ogni goccia d'olio, ogni ombra di vino, ogni traccia cancellata, ogni serenata cantata, ogni toro sacrificato all'ora fatidica, ogni tramonto, ogni tricorno che si era piantato insolente davanti all'eredità, ogni notizia venuta da così lontano, ogni lettera che aveva smesso di arrivare perché la vita è fatta così, cazzo, ogni silenzio che pian piano si era prolungato fino a rendere certa l'assoluta lontananza.

« Gerardo... uno che chiamavano 'il Vipera'? »

Sfuggente mio nonno. Temuto e ricercato. Cambiava pelle e nomi per proteggere lo stesso amore ribelle.

« Sì, don Ángel. Lo chiamavano così. »

« Mio fratello... uno che andò in America? »

Sì. Uno che andò in America. Uno fra i tanti che salirono sulle navi pieni di speranze. Spagnoli che quattro secoli dopo l'invasione armata dell'America partirono in cerca di pace, e fu dato loro il benvenuto, e trovarono legno per costruire le loro case, nobile cera di laboriose api per lucidare i loro tavoli, vini secchi per modellare i nuovi sogni, e una terra che disse loro: uno è di dove si sente meglio.

Mio nonno. Uno che andò in America. Uno che attraversò il mare e dall'altra parte trovò orecchie ricettive che aspettavano la sua voce: « Il contratto sociale è un'infamia dei nemici dell'uomo. La natura ci orienta in modo che sistemiamo e risolviamo i nostri problemi dialogando fraternamente. Non si può regolamentare quello che la vita ha già regolamentato ». diceva mio nonno quando io ero bambino e lo accompagnavo alle serate del Socorro Obrero.

« Sì, don Ángel. Uno che andò in America. »

« Tu sei mio fratello? »

Dal profondo di me stesso mio nonno mi spingeva a rispondere: « Sì. Digli di sì, e abbraccialo. Gli uomini sono tutti fratelli ed è nella mancanza di difese della vecchiaia che affiorano le stesse eterne fragili verità ».

« No, don Ángel. Suo fratello Gerardo era mio nonno. »

Il volto del vecchio divenne serio. Si accomodò sulla sedia, posò le mani segnate dai tendini sulle ginocchia, e mi esaminò da capo a piedi, in lungo e in largo. Forse voleva chiedermi un documento. O che mi aprissi il petto e gli mostrassi il cuore?

« María » chiamò.

Dalla casa uscì una vecchia vestita rigorosamente a lutto. Aveva i capelli argentati raccolti in una crocchia, e mi fissò con espressione affettuosa. Allora, dopo essersi schiarito la voce, don Ángel disse la più bella poesia che mi abbia offerto la vita, e io capii che finalmente si era chiuso il cerchio perché mi trovavo al punto di partenza del viaggio iniziato da mio nonno. Don Ángel disse: « Donna, porta il vino, che è arrivato un parente d'America ».

INDICE

Nota biografica

Luis Sepúlveda è nato in Cile nel 1949 e vive in Spagna, nelle Asturie. I suoi libri sono editi in Italia da Guanda: *Il vecchio che leggeva romanzi d'amore*, *Il mondo alla fine del mondo*, *Un nome da torero*, *Incontro d'amore in un paese in guerra*, *Diario di un killer sentimentale*, *Jacaré*, *Patagonia Express*, *Le rose di Atacama*, *Storia di una gabbianella e del gatto che le insegnò a volare*, *Raccontare, resistere* (con Bruno Arpaia), *Il generale e il giudice*, *Una sporca storia*, *I peggiori racconti dei fratelli Grim* (con Mario Delgado Aparaín), *Il potere dei sogni*, *Cronache dal Cono Sud*, *La lampada di Aladino*, *L'ombra di quel che eravamo*, *Ritratto di gruppo con assenza*, *Ultime notizie dal Sud*, *Tutti i racconti* (a cura di Bruno Arpaia), *Storia di un gatto e del topo che diventò suo amico*, *Ingredienti per una vita di formidabili passioni* e *Storia di una lumaca che scoprì l'importanza della lentezza*.

Fotocomposizione Editype s.r.l.
Agrate Brianza (MB)

Finito di stampare
nel mese di aprile 2014
per conto della Ugo Guanda S.r.l.
da Grafica Veneta S.p.A. di Trebaseleghe (PD)
Printed in Italy